Ein Torwart in Valencia

KERSTIN FROLIK

Ein Torwart in Valencia

Bibliografische Information der Deutschen Nationalbibliothek

Die Deutsche Nationalbibliothek verzeichnet diese Publikation in der Deutschen Nationalbibliografie; detaillierte bibliografische Daten sind im Internet über http://dnb.dnb.de abrufbar.

© 2018 Frolik, Kerstin.
Garfik: Daiiji/ the goatman/ Shutterstock.com
Umschlagdesign, Satz, Herstellung und Verlag:
BoD - Books on Demand
ISBN 978-3-7528-1089-9

Oxana schloss ihre Bücher und verabschiedete sich von der neben ihr sitzenden Kommilitonin. Sie wollte nicht mit den anderen Studenten an den Strand gehen und feiern. Vor allem auch weil die Temperaturen Mitte Januar nicht ans Meer einluden. Aber das Semester hier in Barcelona war zu Ende und sie fuhr morgen sehr früh mit dem Zug nach Hause nach Valencia. Dort wohnte sie ebenfalls in Strandnähe und arbeitete den ganzen Sommer in einer Strandbar, so dass sie heute nicht unbedingt noch ans Meer musste um sich am Strand von Barcelona in den kalten Sand zu setzen. Vielmehr zog es sie in den *Parque Güell*. Dort konnte sie zwischen den fantasievollen Gebilden, die der Künstler Gaudi erschaffen hatte, abschalten. Oxana studierte Kunst und Geschichte an der Akademie und konnte sich hier in dem hügeligen Gelände des Parks nicht sattsehen an den Ornamenten, die aus Bruchfliesen von einem grandiosen Architekten zu herrlichen Mosaiken erbaut wurden. Man nannte es auch Gaudis Hommage an die Natur. Natürlich war ihr das am meisten beeindruckende Werk von ihm, die Basilika *Sagrada Familia*, das Liebste. Auch wenn das Wahrzeichen Barcelonas und das unvollendete Lebenswerk Gaudis das ganze Jahr über von Touristen aus aller Welt völlig in Beschlag genommen war. Trotz alledem hatte es sich Oxana zur Aufgabe gemacht mindestens einmal während eines Semesters einen der acht bisher fertig gestellten Türme der Basilika zu besichtigen. Da in den Fassaden viele Botschaften der biblischen Geschichte versteckt waren, wollte sie sich für einen Besuch viel Zeit nehmen. Dies war aber kaum möglich, wenn einen die nachfolgenden Touristengruppen weiterschoben.

Nachdem sie sich an einem Kiosk eine Flasche Cola gekauft hatte, setzte sie sich auf eine Bank unter eine der riesigen Pappeln, als sie von einem jungen Mann in gebrochenem Spanisch gefragt wurde, ob er sich neben ihr niederlassen könne. Sie bot ihm freundlich den Platz an nachdem sie sich vergewissert hatte, dass die umliegenden Parkbänke tatsächlich belegt waren. Ohne ihn weiter zu beachten wandte sie sich wieder ihrem Zeichenblock zu um an einer Zeichnung eben jenes Wahrzeichens von Barcelona fortzufahren. Aus den Augenwinkeln beobachtete sie ihren Nachbarn, der unaufhörlich in sein Handy quasselte. Und obwohl sie von ihrer Arbeit in der Strandbar einige gängige Fremdsprachen wie deutsch, italienisch und mittlerweile auch ein wenig russisch heraushören konnte, war seine Unterhaltung keiner dieser Sprachen zuzuordnen. In der Hand hielt er einen Reiseführer. Das konnte sie an der typischen Aufmachung des Buches feststellen. Allerdings erkannte sie auch hier nicht, von welcher Ausgangssprache er versuchte sich in Barcelona zurechtzufinden.

Als Oxana ihre Mal-Utensilien einpackte, beendete er gerade sein Telefongespräch und steckte das Buch ebenfalls weg. Sie standen zur gleichen Zeit auf worüber sie beide lachen mussten. Er lief los und als sie feststellte, dass sie denselben Weg hatten, ging Oxana etwas langsamer um nicht unmittelbar neben ihm her zu gehen.

Während sie ein paar Schritte hinter ihm trödelte, taxierte sie seine Rückseite, insbesondere die untere Hälfte. Er trug schwarze, am Knie eingerissene Jeans, helle Sneakers und ein weißes T-Shirt unter seiner schwarzen Lederjacke. Er hatte ein ansehnliches Hinterteil stellte sie fest. Und breite Schultern. Nicht übertrieben breit aber irgendwie ansprechend. ›Interessant‹ befand sie. Und als ob er ihre Gedanken lesen könnte, drehte er sich halb zu ihr um und grinste sie an. Peinlich berührt wandte sie sich sofort ab und kniff die Augen zusammen, als würde sie ein besonders schönes Objekt im Park betrachten. ›Tat sie ja auch‹ musste sie insgeheim lachen.

Irgendwann bog er in eine Seitenstraße ab, der er wohl auf dem Navigationsprogramm seines Smart-Phones folgte. Nicht ohne sich noch einmal zu ihr umzudrehen. Aber dieses Mal war Oxana auf der Hut und sah auf ihre Uhr. ›Was glaubte der denn …‹, ging es ihr durch den Kopf.

Mit dem Bus erreichte sie ihre kleine Studentenwohnung in der Nähe des Campus. Am Eingang des mehrstöckigen Hauses saßen einige ihrer Kollegen auf der Treppe und tranken Sekt und Bier. »Tom und Ina fliegen morgen früh um halb sechs nach Helsinki. Da lohnt es nicht mehr schlafen zu gehen. Dafür gehen wir noch ein bisschen aus um etwas zu trinken. Kommst Du mit?« Pedro blieb in den Semesterferien durchwegs in Barcelona und wollte in Ruhe an seiner Diplomarbeit schreiben. Er bot den beiden Studenten aus Finnland an sie durch die Nacht zu begleiten. Oxana war eigentlich müde und wenig erpicht darauf, sich die Nacht in Bars und Kneipen um die Ohren zu schlagen. Allerdings ging ihr Zug ebenfalls am nächsten morgen schon früh um kurz nach sieben Uhr. Sie hatte ihren Kühlschrank bereits ausgeräumt und vom Strom genommen. Da kam es ihr nicht ungelegen, unterwegs eine Kleinigkeit zu essen. Ihre Reisetasche stand fertig gepackt im Flur. »Ok, ich bin dabei. Ich bring nur eben meine Bücher hoch, dann kann es losgehen«, sagte sie und ging ins Haus.

In einer Seitengasse der ›Las Ramblas‹, der knapp eineinhalb Kilometer langen Promenade in Barcelona, die den *Placa de Catalunya* mit dem alten Hafen verband, bestand ein kompletter Innenhof nur aus unzähligen kleinen Bars und Lokalen wo man die besten landestypischen Tapas bekam. In einer der Bars spielte meistens eine Band Flamenco-Musik. Hier konnte man das ganze Jahr draußen sitzen und die spanische Kultur leben und pflegen.

Die vier Freunde ließen sich an einem Tisch nieder, an dem bereits zwei weitere Studenten die Semesterferien begossen. Oxana kannte den Kellner, da sie und Pedro schon des Öfteren hier gewesen waren. Das Essen war gut und nicht zu teuer und der Wirt war nicht so sehr ausschließlich auf Touristen fixiert, so dass man nach dem Essen nicht gleich aufstehen und für die nächsten Gäste Platz machen musste.

Nach einer Weile schlossen sich ihnen weitere Studenten an und die Gruppe wurde immer größer und lauter. Aber nachdem keiner betrunken grölte, so dass andere Gäste sich gestört fühlen konnten, beschwerte sich niemand. Im Gegenteil, im anderen Teil des Lokals schien sich ebenfalls eine Ansammlung junger Menschen zu amüsieren. Zudem lief im Hintergrund die obligatorische Kneipen-Salsa-Musik in entsprechender Lautstärke. Oxana sah ein paar Mal in die Richtung, aus der auch Gelächter und Biergesänge kamen, konnte aber keine einzelnen Personen erkennen. Im Grunde ging es in Bars in Spanien grundsätzlich etwas lauter zu als in vielen anderen europäischen Ländern. Das ganze ließ sich noch steigern, wenn Fußball im Fernsehen lief. In diesem speziellen Fall waren dann Beschwerden mehr als unangebracht und wurden nicht geduldet.

Oxana kam gerade von den Waschräumen zurück und wollte für sich und ihre Gruppe noch eine Runde Getränke bestellen, als sie sich zur gleichen Zeit mit einem Mann an der Bar anstellte, der ihr irgendwie bekannt vorkam. Er schaute sie ebenfalls neugierig an, bis ihnen beiden einfiel, woher sie sich kannten. Es war der Typ aus dem Park. Er sah Oxana überrascht an und ließ ihr den Vortritt an der Theke. Sie lächelte scheu und bedankte sich. Als sie ihre Bestellung aufgegeben hatte war er an der Reihe. Er sprach spanisch aber als der Kellner etwas zurückfragte, stockte er und verstand nicht. Da bemerkte sie erneut, dass es wohl nicht seine Muttersprache war, zumal er einen eigenartigen Akzent hatte. Langsam wiederholte er seine Bestellung. Nachdem alles geklärt werden konnte bewegten sich beide im selben Augenblick vom Tresen weg und traten sich dabei gegenseitig auf die Füße. Er packte sie an den Armen als sie schwankte: »Oh, ich bitte vielmals um Entschuldigung.« Seine Augen blitzten sie an. Trotz seines dunklen Drei-Tage-Bartes waren seine Gesichtszüge rund und weich. Oxana fiel sofort der für Männer eher untypische volle Kussmund auf. Und seine warmen braunen Augen, die sie unaufhörlich ansahen.

»Nichts passiert«, lachte sie. Und als er sie nicht losließ merkte sie an: »Ich stehe sicher mit beiden Beinen auf der Erde. Lässt Du mich vielleicht wieder los? Danke!«

»Oh, natürlich«, er ließ die Hände fallen um ihr dann wieder seine Rechte entgegen zu strecken: »Ich heiße Ben.«

»Freut mich. Ich bin Oxana.« Sie nahm seine Hand und schüttelte sie heftig. Sie vergaß immer, dass sie einen ziemlich kräftigen Händedruck hatte. ›Wie ein Bierkutscher‹, hatte Carlos, ihr Boss in der Strandbar, einmal zu ihr gesagt. Sie bemerkte es immer erst, wenn ihr Gegenüber zusammenzuckte und so wie Ben jetzt, vermeintlich unbemerkt mit der anderen Hand über seine rechte strich. Das war ihr unangenehm und sie fuhr sich unsicher durch ihre unzähmbaren dunkelblonden Korkenzieherlocken und deutete mit der anderen Hand zu dem Tisch an dem ihre Freunde saßen: »Also, ich geh dann mal …«

Eine Stunde später rückte der Kellner ein paar Tische neben der Gruppe um Oxana zusammen und sie bemerkte aus den Augenwinkeln, dass sich ihre Parkbekanntschaft mit ein paar Freunden und Frauen direkt neben sie setzte. Ihr Blick entsprach wohl sehr deutlich einem Fragezeichen, denn Ben erklärte: »Sie schließen, glaube ich, den hinteren Teil.« Und damit prostete er ihr zu. Sie erhob ihr Glas ebenfalls und trank dann aus. Als er bemerkte dass es leer war, bot er ihr an, noch eins zu holen. Aber sie winkte dankend ab. Wenn sie nicht achtgab, stieg sie in ein paar Stunden sturzbetrunken in den Zug.

Ben und seine Freunde waren schwer in Gespräche mit den ebenfalls am Tisch sitzenden Damen vertieft. Aus Wortfetzen, die herüberflogen, konnte Oxana heraushören, dass sowohl die Damen als auch die Freunde von Ben weder der spanischen noch einer anderen kompatiblen Fremdsprache mächtig waren. Man kommunizierte eher mit Händen und Füßen. Nichtsdestotrotz war der Alkoholfluss am Tisch immens und die Atmosphäre ungeheuer testosterongeschwängert. Einer seiner Freunde, Mikki war wohl sein Name, schien den ganzen Tisch lautstark zu unterhalten. Oxana beobachtete ihn ab und zu. Er war ihr irgendwie unsympathisch.

Kurze Zeit später musste Oxana sich erheben, um Pedro vom hinteren Teil des Tisches aufstehen zu lassen. Dabei rückte die ganze Gesellschaft auf der Sitzbank nach und sie fand sich plötzlich neben Ben wieder. Auf dessen anderen Seite saß eine blonde Frau, die eine Hand auf seinem Oberschenkel liegen hatte.

»Wo kommt der Name Oxana her? Bist du Russin?«

sprach er sie an, ungerührt der Finger die auf seinem Bein auf und ab fuhren.

Oxana musste sich konzentrieren, nicht auf die Hand zu schauen, die sich immer mehr seinem Schritt näherte. Es wäre interessant gewesen, zu erfahren, wie weit die Frau gehen würde. Hier am Tisch. Trotzdem zwang sie sich ihm direkt in die Augen zu sehen und antwortete: »Nein, Du?«

Er lachte: »Nein, ich dachte nur Dein Name sei russisch.«

»Nein, der Name ist nicht russisch. Der Name ist kompromissisch.«

»Wie bitte? Das verstehe ich nicht.«

Da fiel ihr wieder ein, dass spanisch nicht seine Muttersprache zu sein schien und er demzufolge mit Wörtern, die nicht im Duden zu finden waren nichts anfangen konnte. »Der Name ist ein Kompromiss.«

»Ah ja? Das musst Du mir erklären …« Dabei schob er ganz nebenbei die Hand der Dame von seinem Bein und wandte sich Oxana zu.

»Also. Mein Vater wünschte sich eigentlich einen Jungen. Und der sollte dann Oxando heißen,« erklärte sie. »Meine Mutter aber wusste, dass sie ein Mädchen haben würde und das sollte Olalla heißen. Mein Vater hat das nie ernst genommen, weil er sicher war, er bekam seinen Oxando. Als dem nicht so war, hat er sich geweigert, die Geburtsurkunde mit meinem Namen zu unterschreiben. Meine Mutter hat mir erzählt, dass er ein schreckliches Theater veranstaltet hatte und das ganze Krankenhaus daran teilhaben ließ, dass er mit dem Namen nicht ein-

verstanden war. Er hatte auf dem Flur getobt und ge-
schrien, dass er es nicht mit ansehen würde, dass die
Kerle irgendwann seiner Tochter ›Olalla‹ hinterherrufen.
Es wurden wohl Wetten abgeschlossen, wer sich durch-
setzen konnte.«

Jetzt war er neugierig: »Und wie hat er es dann geschafft?«

»Nun meine Mutter ging eben den Kompromiss ein,
den Namen abzuändern. Um des lieben Friedens willen.
Und sie versprach ihm einen Sohn, den er dann nennen
könne, wie er wolle. Pepe, Pope oder Pinocchio. Hauptsache er wisse sich wieder einigermaßen zu benehmen.«

Jetzt musste Ben lachen: »Und hat's geklappt?«

»Was?«

»Na, mit dem Bruder?«

Da verdunkelten sich Oxanas Augen ein wenig: »Ja
hat es.«

»Na dann ist ja alles gut. Aber vielleicht hat dein Vater
ja auch recht gehabt. Wer heißt schon Olalla?«

Ihre Antwort kam wie aus der Pistole geschossen: »Die
Frau von Fernando Torres!«

»Wer zur Hölle ist Fernando Torres?«

Obwohl Oxana und Ben jeweils mit ihren eigenen
Freunden in der Bar saßen, unterhielten sie sich den
ganzen Abend nur noch miteinander. Irritiert bemerkte
Oxana, dass Ben seinen Kumpel Mikki die meiste Zeit
über im Auge behielt und ihn zwischendurch mehrfach
ermahnte nicht noch mehr zu trinken. Obwohl das ihrer
Ansicht nach bereits viel zu spät war. Der Junge hatte

so glasige Augen, dass sie bezweifelte, dass er auch nur einen Hauch von dem was in der Bar vor sich ging, mitbekam. Auf der einen Seite war er ein interessanter Typ aber irgendwie konnte sich Oxana nicht mit ihm anfreunden. Er war groß und schlank, hatte blonde Haare mit silbernen Strähnchen und sein Teint war sehr blass. Oxana fand, dass er etwas Skandinavisches an sich hatte. Daher vielleicht auch der Dialekt. Aber sein Blick hatte etwas Verlorenes, Verschleiertes. Fast schon Verstörendes. Vielleicht wirkte er auch im Augenblick nur so weil seine Augen aufgrund seines alkoholisierten Zustandes blutunterlaufen waren. Er ignorierte die anderen Jungs und widmete sich ausschließlich den Frauen. Und jedes Mal wenn er den Raum verließ um zum Rauchen nach draußen zu gehen, sah Ben ihm kopfschüttelnd nach.

»Lass ihn doch«, sagte Oxana lachend als sie seinen Unmut bemerkte. »Er nimmt Dich gar nicht mehr wahr. Der kann mit einem Auge zur Tür raus und mit dem anderen auf die Toilette schauen; so weggetreten ist der.«

»Das ist nicht lustig«, brummte Ben. Gab aber keinen weiteren Kommentar dazu ab.

Als ihre Gläser längst leer waren, vergaßen sie sich neue Getränke zu bestellen, so vertieft waren Oxana und Ben in ihre Unterhaltung. Er erzählte ihr, dass er zusammen mit seinen Begleitern zur Hochzeit bei einem Kollegen auf der Insel Mallorca eingeladen war und sie nun auf dem Rückweg einen Zwischenstopp in Barcelona machten. In zwei Tagen würden sie zurück in ihre Heimat, nach Liechtenstein, fliegen. Jetzt verstand Oxana auch, warum er mit einem Akzent sprach. Allerdings hatte sie keine Ahnung wo Liechtenstein lag.

»Und wie sieht es mit Dir aus? Bist du auch schon verheiratet?« Oxana versuchte die Frage so beiläufig wie möglich klingen zu lassen.

»Gott bewahre. Ich bin ganz vogelfrei und fühle mich super damit.« Inwieweit er diese Aussage ernst meinte konnte sie nicht heraushören. Aber er grinste schon wieder. Ben hatte nette Grübchen auf den Wangen wenn er lachte. Auch wenn Oxana das Gefühl hatte, dass das Lächeln seine Augen nicht erreichte.

Als der Wirt wieder einmal vorbei kam und mitteilte, dass die Küche bald schließen würde, fragte Ben, ob sie vielleicht etwas zusammen essen sollten. Oxana willigte gerne ein: »Großen Hunger hab ich zwar nicht aber zu zweit wäre für mich okay.«

»Wir nehmen auf jeden Fall eine Portion Patatas Bravas«, bestimmte er. Das wiederum überraschte Oxana nicht, denn die meisten Touristen liebten die im Fett gebratenen Kartoffeln mit Knoblauchsauce. »Und können wir diesen süßen roten Wein mit den Früchten nehmen?« Ben sah sie fragend an. Da legte sie eine Hand auf seinen Arm: »Gerne. Aber mach bitte keine Fotos vom Essen. Es reicht schon, dass wir wie Touristen bestellen. Wir müssen nicht auch noch als solche auffallen. Ok?« Dabei grinste sie ihn an. Er lächelte betreten zurück: »Schlimm? Ich kann auch noch ein Bier nehmen.« Als Oxana merkte, dass er ihre Ironie bezüglich der wilden Kartoffeln und der Sangria, dem Grundnahrungsmittel der spanischen Küche, nicht verstand, beschwichtigte sie ihn entschuldigend und bestellte eine gemischte Tapas-Platte für zwei, eine Portion Patatas und einen Liter Sangria. Im Geiste überschlug sie ihre Finanzen und hoffte dass sie keinem Gauner aufgesessen war, der sie das Essen bezahlen ließ. Als ihr dieser Gedanke kam spürte sie ein nervöses Kribbeln im Bauch. Sie wollte nicht, dass sie sich in ihm getäuscht hätte, dazu gefiel er ihr zu gut. Sie hatte ja schon festgestellt, dass er gut gebaut war, seine breiten Schulten und die muskulösen Arme durfte sie bereits bewundern. An seinen vollen Lippen konnte sie sich nicht satt sehen und musste sich immer wieder zwingen, den Blick abzuwenden. Dieser Kussmund! Eigentlich eher untypisch für Männer dachte sich Oxana zum wiederholten Mal. Außerdem war er ihr sehr sympathisch.

»Was denkst Du gerade?« Er sah sie fragend an. ›Erwischt‹, fuhr sie erschrocken zusammen. Doch bevor sie zu einer Antwort gezwungen war brachte eine Kellnerin einen schweren Krug mit der Sangria und einen großen Teller mit verschiedenen Tapas zusammen mit einer Riesenportion Kartoffeln.

Gegen zwei Uhr morgens lösten sich die Gruppen langsam auf. Die beiden Studenten, die schon als erste im Lokal gewesen waren, bezahlten und gingen nach Hause. Tom und Ina machten sich auf den Weg in Richtung Flughafen. Pedro und Oxana mussten zurück in das Studentenwohnhaus gehen, von wo aus Oxana den Bus zum

Bahnhof nehmen würde. Während sie sich erhoben um sich von Ben und seinen Freunden, die mittlerweile auch nur noch zu viert waren, zu verabschieden, bezahlten diese ebenfalls. Die Blondine war verschwunden.

»Was machst Du heute noch?« wollte Ben von ihr wissen.

»Ich gehe zurück in meine Studentenwohnung und hole mein Gepäck.«

»Du verreist?« Ben versuchte Mikki zu stützen, damit dieser nicht der Länge nach auf die Straße fiel. Oxana fühlte sich mit einem Mal unwohl in der Gesellschaft dieser vier Männer, von denen mindestens zwei offensichtlich nicht mehr in der Lage waren aufrecht zu gehen. Gott sei Dank war Pedro bei ihr und sie konnte den *Placa de Catalunya* schon sehen, von wo aus die ganze Nacht Busse in alle Richtungen fuhren. Außerdem war auf den *Ramblas* trotz der kühlen Nachttemperaturen noch viel Betrieb, so dass sie sicher zum Busbahnhof gelangen konnten. »Ich muss gehen … vielleicht sehen wir uns mal wieder.« Sie umarmte Ben kurz, küsste ihn dabei auf die Wange und wollte sich gerade abwenden als er ihr Gesicht in seine Hände nahm und sie sanft auf den Mund küsste. Alles um sie schien sich zu drehen. Dieser Kuss war unerwartet und der Wahnsinn. Oxana rührte sich nicht als Ben sich von ihr löste und sich abwandte. Sie konnte auch nicht mehr hören, wie er leise sagte: »Das wäre schön …«

Vier Monate später …

Carlos Bar eröffnete die Saison am Strand als eine der ersten. Bereits Anfang kamen schon einige Touristen nach Valencia. Es waren Sportler, Wanderer oder Familien, die nicht an Schulferien gebunden waren. Die meisten Urlauber um diese Jahreszeit gingen spazieren, planten eine Radtour oder buchten eine der zahlreich angebotenen Sightseeing-Touren. Ein paar ganz unerschrockene prüften auch schon das Wasser. Besonders gerne an Valencias wunderschönem Naturstrand.

Oxana begann gerade ihre Schicht in der Strandbar und brachte ein Tablett mit Getränken an einen Tisch, als ein braun-weiß gefleckter Hund quer über den Sand auf sie zu rannte. Schnell servierte sie den Gästen ihre Getränke und warf das leere Tablett auf einen freien Tisch. »Bambina, meine Gute!« Sie nahm den Hund fest in den Arm als auch schon ihre Besitzerin auftauchte: »Hallo, was ist mit mir?« Lachend richtete sich Oxana auf und nahm ihre Freundin Livia ebenfalls in den Arm. »Ach, was hab ich das vermisst! Hier stehen und schauen wer vorbeikommt. Komm her!« Die beiden Frauen umarmten und drückten sich fest. Seit drei Jahren waren sie eng befreundet. Livia war Besitzerin einer Frühstücks-Bar an der Straße, die zum Strand führte.

»Der Winter ist einfach zu lange«, seufzte Oxana,

»manchmal wünschte ich mir, Carlos würde die Bar das ganze Jahr offen lassen.«

»Da würdest du dir im Januar und im Februar ordentlich die Beine in den Bauch stehen und zwar ganz alleine«, lachte Livia, »es ist schon gut so wie es ist. Auch wenn wir uns eine ganze Weile nicht gesehen haben. Wie geht es Dir, was macht das Studieren? Und die Liebe? Ich will alles wissen, jedes kleine Detail!«

»Huch, ganz schön viele Fragen auf einmal. Mir geht es gut, ich kann mich nicht beschweren. Und das Studium läuft im Grunde ganz gut. Auch wenn mein Vater immer wieder nachfragt, wann ich endlich fertig bin mit dem Gekritzel. Ich hab ihm erst einmal nicht gesagt, dass ich ein Urlaubssemester einlege.« Sie verdrehte die Augen und sah sich um. »Und bei euch?« Seit Livia mit Mats Manning, dem Fußball-Trainer zusammen war, gab es die beiden nur noch im Doppelpack. Wo der eine auftauchte war der andere nicht weit. Oxana hatte sich bereits daran gewöhnt.

»Bei uns ist alles okay. Mats ist heute Nacht spät von einer Champions- League-Reise aus Kasachstan zurückgekommen. Er hat für heute nur ein kleines Lauftraining geplant. Würde mich nicht wundern, wenn er hier noch vorbeikommt.«

»Du liebe Güte, ist da nicht Krieg?« Oxana war entsetzt. Aber Livia konnte sie beruhigen: »Nein, dort nicht. Das verwechselst Du. Aber erzähl von dir, was gibt es Neues? Keine große Liebe in Sicht?«

Oxana schnaubte: »Als hätte ich Zeit für so was …«
Bevor sie noch mehr dazu sagen konnte, kamen glück-

licherweise weitere Gäste in die Bar und sie musste die Bestellungen aufnehmen.

Livia grinste: »Glaub nicht, dass Du mir davon kommst. Ich frag noch mal nach.« Sich ergebend hob Oxana die Hände und verschwand hinter der Theke wo sie ungefragt eine Caipirinha für Livia zubereitete. Während sie die nächsten Bestellungen zubereitete unterhielten sich die beiden Frauen.

»Wird Zeit, dass Carlos mal wieder eine seiner Strandpartys veranstaltet. Heute hätte ich richtig Lust zu tanzen … Sie sind einfach immer toll,« sinnierte Livia. Carlos‹ Partys waren berühmt berüchtigt. Er hatte in der Bar einen Tanzboden einbauen lassen, so dass je nach Lust und Laune zur Musik getanzt werden konnte. Was die Musik anbelangte, war Carlos ein Genie in Sachen Musik-Mix. Keiner konnte siebziger und achtziger Jahre Musik so gefühlvoll mit aktueller House-Musik mischen wie er. Und je nach Publikum und Stimmungslage gingen diese Partys bis in die Morgenstunden. Nicht nur einmal hatte Carlos seine Gäste unter den Tisch getrunken ohne dass man ihm selbst etwas anmerkte. Sicher auf beiden Beinen stehend verabschiedete er jeden Gast persönlich. Oft begegneten die letzten Nachtschwärmer der Frühschicht, die die Strandbar für den nächsten Tag vorbereiten sollte. Livia und Oxana waren beinahe jedes Mal Teil dieser Tanzlustigen gewesen.

Allerdings war es heute, so früh in der Saison, nicht sehr wahrscheinlich, dass viele Gäste für einen Tanzabend zusammen kommen würden.

Die Sonne ging langsam unter und die Sonnenanbeter verließen nach und nach den Strand. Zum Baden war das Wasser noch zu kalt aber es gab bereits ein paar Unerschrockene, die seit der Mittagszeit in der Sonne lagen. Es war Anfang April und die Sonne heizte tagsüber schon ordentlich auf. Die Abende allerdings waren einfach noch zu kühl um am Strand sitzen zu bleiben. Vereinzelt kamen ein paar Gäste in die Bar. Es gab zu diesem Zeitpunkt einige Touristen in Valencia, jedoch war die Zahl noch überschaubar. Livia und Oxana saßen gemeinsam an der Bar, als die Sonne, dort wo das Meer den Horizont berührte, leuchtend rot im Meer versank. »Das ist einfach immer wieder wunderschön«, seufzte Livia.

»Reiß Dich zusammen«, lachte Oxi, wie sie von Freunden auch genannt wurde. »Seit Du mit Mats zusammen bist, ist für dich selbst Toastbrot schön.« Livia schlug ihr leicht auf den Arm und lachte. Aber im Grunde waren die beiden sich einig dass nichts diese friedvolle Stimmung überbieten konnte.

Während Livia sich verabschiedet hatte und mit ihrem Hund weiterging, füllte sich die Bar doch noch und Oxana wandte sich den Gästen zu. Dabei registrierte sie einen großen belegten Tisch im Eck. Es waren überwiegend Spieler des Fußballclubs RCD Valencia. Sie kamen öfter einmal in diese Bar. Wie Livia es vorausgesagt hatte, verlegte Mats sein leichtes Lauftraining an den Strand. Das Laufen im Sand kräftigte die Beinmuskulatur, so seine Meinung. Und wenn es einen Sieg zu feiern gab oder es gar spielfrei war, konnte es sein, dass der ›harte Kern‹ auch mal etwas länger blieb. Carlos war ein Freund und Gönner des Vereins und mit einigen Spielern sehr gut bekannt. Er besuchte auch regelmäßig die Heimspiele.

Mats Manning, mit dem Oxanas Freundin Livia zusammen lebte, war seit der vergangenen Saison der Trainer dieser sehr jungen Mannschaft des RCD Valencia. Im ersten Jahr wäre er beinahe gescheitert aber nach Anlaufschwierigkeiten hatte sich das Team gefunden und war in der Tabelle steil nach oben geklettert. In dieser Saison schien sich die Geschichte des holprigen Starts zu wiederholen nachdem sich Andres, der Torhüter, in der Vorbereitung einen Kreuzbandriss zugezogen hatte und für längere Zeit auszufallen drohte. Der Ersatztorwart, der mit seinen erst neunzehn Jahren ein sehr junger Spieler im Profikader war, sollte ursprünglich behutsam hinter ihm aufgebaut werden. Er spielte für sein Alter bereits auf einem unglaublich hohen Niveau, war aber dem Druck der Liga noch nicht gewachsen. Somit rutschte Valencia nach fünf Spieltagen in den Tabellenkeller ab. Dann wurde dem Verein kurz vor Ende der Transferperiode noch ein Torhüter aus Liechtenstein, der bei einem deutschen Verein auf der Ersatzbank saß, angeboten. Nachdem Ben Bühler die ersten drei Spiele für Valencia absolviert hatte, nannten ihn die Zuschauer ehrfürchtig *El Hechicero*, der Hexer. Ben konnte mit unglaublichen Reflexen aufwarten und hielt Bälle die unhaltbar schienen. Binnen kürzester Zeit brachte er die Mannschaft

zurück in die Erfolgsspur und stieg zum Publikumslieb-
ling auf.

Als die meisten Gäste gegangen waren und nur noch ein
Tisch von den Fußballspielern belegt war, traf Oxana
beinahe der Schlag als sie ihren Blick über die Gruppe
schweifen ließ. Die Brust wurde ihr eng und die Atmung
setzte aus. Das war doch … Ben. Der Typ aus Barcelona.
Hatte sie nicht erst kürzlich noch von ihm geträumt? Er
saß seitlich zu ihr, eine Base-Cap tief ins Gesicht gezogen und sah aufs Meer hinaus. Oxana vergaß im ersten
Moment den Mund wieder zu schließen. Das kam ihr
so unwirklich vor. Wie in Trance nahm sie ihren Block
und ging zum Tisch um die Bestellung aufzunehmen.
Ein lautes Hallo empfing sie als sie zwischen zwei Stühle
trat. Die meisten Jungs kannte sie bereits. Da war Mats,
der Mann ihrer Freundin Livia, und Alvarez, der Mann
von Kelly, ebenfalls eine Freundin und ein paar andere.
Sie versuchte sich ihre Verwirrung nicht anmerken zu
lassen und notierte konzentriert die Bestellung. »Und
was möchtest Du?« wandte sie sich an Ben, der als einziger noch nichts bestellt hatte. Als er zu ihr aufsah, sah
es im ersten Moment so aus, dass er sie nicht erkennen
würde. Seine Augen starrten sie prüfend an bevor der
Groschen fiel: »Na, das ist ja mal ein Zufall … Hast Du
nicht in Barcelona studiert?« Immer noch etwas verwirrt
sah er sie an.
   »Nein. Äh doch. Im Augenblick mache ich ein Urlaubssemester. Aber ich könnte schwören, ich hätte es
Dir erzählt.« Schulmeisterhaft deutete sie mit dem Ku-

23

gelschreiber auf ihn. Nun quatschten auf einmal alle am Tisch durcheinander. Die einen wollten bestellen, die anderen wollten wissen, woher die beiden sich kannten. Oxana hielt sich die Ohren zu und verschwand hinter der Bar um die Getränke zuzubereiten. Von dort aus konnte sie mitverfolgen wie die Mitspieler ihren Kollegen mit Fragen bombardierten. Als sie zurück zum Tisch kam hörte sie wie ausgerechnet der jüngste von allen, Teenie-Schwarm Marc Fletcher, mit den Augen zwinkernd fragte: »Und was ist da gelaufen, Mann?« Bevor Ben aber antworten konnte, fuhr sie ihm in die Parade und zischte: »Da ist gar nichts gelaufen, Freundchen. Werd' Du erst mal trocken hinter den Ohren bevor du Erwachsene aushorchst!«

»Ich horche niemanden aus, ich schaue zu und lerne«, gab der Frechdachs zur Antwort.

Oxana brachte eine weitere Runde Getränke und Schalen mit Knabbereien zum Tisch, wurde aber von Ben nicht mehr angesprochen. Er bedankte sich zwar für das Glas, sah ihr aber dabei nicht in die Augen.

Nachdem sich die Bar nun zusehends füllte, blieb ihr nicht die Zeit weiter darüber nachzudenken. Zwischendurch rief ihr jemand von dieser Gruppe eine Bestellung zu und sie brachte sie an den Tisch ohne sich lang aufzuhalten. Gegen später, als es bereits ganz dunkel zu werden schien, leerte sich die Bar. Ein paar von den Jungs am Fußball-Tisch winkten ihr ebenfalls um zu bezahlen. Sie nahm ihren Block mit den kompletten Bestellungen und hakte Stück für Stück die Liste ab. Während sie in die Runde blickte um heraus zu finden wer noch bezahlen wollte, fiel ihr auf, dass Ben nicht mehr da war. »Wer bezahlt die zwei Gläser Cola?« fragte sie indem sie auf den leeren Stuhl deutete.

»Das bezahle ich«, meldete sich Mats zu Wort. Oxana sah ihn mit hochgezogenen Augenbrauen an, sagte aber nichts. Er beantwortete ihre nicht gestellte Frage ebenfalls mit großen Augen. Er wollte ihr damit signalisieren, dass es sicher kein Ding war, für einen Mannschaftskollegen ein Getränk mit zu bezahlen. »Aha«, sagte sie also mehr zu sich selbst und rechnete dann seine Getränke zusammen. Nach wie vor starrte Mats sie fragend an. Er verstand nicht, was an diesem Umstand so ungewöhnlich sein sollte. Aber er war nicht der Typ der alles wissen wollte. Somit beließ er es beim Erstaunen seinerseits. Er verabschiedete sich gerade von seinem Co-Trainer und von Alvarez, seinem Kapitän, als ihm ein etwas sandiges, haariges und nasses Bündel die Pfoten auf die Oberschenkel legte. Bambina! Er drehte sich um als Livia gerade die Bar betrat. Die legte ihm die Arme um und küsste ihn auf den Mund: »Hallo Schatz. Ich wusste gar nicht, dass Du auch hier bist. Ich war auf dem Weg nach Hause, als der Hund plötzlich abgebogen ist. Bist Du schon fertig?«

»Vergiss es!« Mats hob abwehrend die Hände. »Ich bin hier fertig und auf dem Heimweg. Aber ihr beide geht schön zu Fuß!« Damit deutete er auf den nassen Hund, der sich gerade eben den Sand aus dem Fell schüttelte. Oxana und Livia lachten. Sie wussten beide, dass er den

Hund liebte und ihn oft und gerne zum joggen mitnahm. Aber er liebte auch seinen Porsche und da setzte er ganz deutliche hygienische Grenzen. Den Geruch eines nassen Hundes in seinem teuren Gefährt empfang er als persönliche Beleidigung. Livia wusste dies und nahm es ihm nicht übel.

Ben parkte seinen Wagen in der Garage seines Eigenheims in einem kleinen Vorort von Valencia. Er liebte die Anonymität des Wohnviertels. Vielleicht war die Wohngegend aber gar nicht so anonym wie er dachte, er sah lediglich seine Nachbarn nie. Was wohl auch daran lag, dass er sein Haus stets durch die Garage betrat und das Grundstück von einer hohen Hecke eingefasst war. Bislang war er aufgrund der vielen Trainingseinheiten auch kaum in seinem Garten gewesen. Die Pflege des Pools und die Gartenarbeit verrichtete der Hausverwalter.

Sein Abendessen, das er vom Chinesen mitgebracht hatte, stellte er auf der Küchenanrichte ab. Nachdem er seine Trainingsklamotten in die Waschmaschine gesteckt hatte, legte er sich auf die ausladende Couch im Wohnzimmer und las die Nachrichten in seinem Smartphone. Darüber schlief er erschöpft ein und vergaß das Essen in der Küche.

Am nächsten Morgen warf er die Abendmahlzeit in den Mülleimer und beschloss auswärts zu frühstücken. In der Bar in *Essebia*, die von der Frau seines Trainers geführt wurde, verabredete er sich mit ein paar Mannschaftskollegen. Allerdings war er ein wenig zu früh dran wie er bemerkte als er die Bar betrat. Keiner seiner Mitspieler belegte einen der Tische. Dafür sah er Oxana an der Theke auf einem Hocker sitzen.

Kurz betrachtete er ihren Rücken über den sich ihre langen blonden Locken ergossen. Sie trug eine weiße Jeans, die sie über die Knöchel gekrempelt hatte und ein Camouflage-T-Shirt. Ihre Espadrilles an den Füßen waren ebenfalls im Camouflage-Muster ebenso wie ihr Haarband das ihr die Haare aus den Augen hielt. Kurz dachte er darüber nach ob er so tun sollte, als hätte er sie nicht gesehen, überlegte es sich dann aber anders. Er ging direkt auf die Theke zu und setzte sich einen Platz auslassend neben sie: »Guten Morgen. Auch schon auf?« Warum dachte er auf einmal darüber nach wie es wäre, seine Hände in diese Haarpracht zu vergraben?

Überrascht blickte Oxana ihn an: »Ich ja, aber Du? Es ist gerade mal halb acht.«

»Ich brauche nicht so viel Schlaf«, zuckte er mit den Schultern. Grüßend hob er den Arm als Livia in diesem Moment aus der Küche kam. »Wow. Noch ein Frühaufsteher.« Sie gab ihm die Hand nachdem sie eine riesige Platte mit Käse, Wurst und Oliven vor Oxana abgestellt hatte.

Ben fielen beinahe die Augen aus dem Kopf: »Ist das alles für Dich?« fassungslos starrte er auf Oxanas schmale Taille. Die hatte bereits eine Scheibe Käse in den Mund gesteckt und nuschelte: »Frühschtcke wie ein Knig … kennsch du?«

»Nein, kenn ich nicht. Aber ab fünf Gramm wird die Aussprache extrem undeutlich,« lachte er.

»Ich frühstücke wie ein König, diniere wie ein Kaiser und esse nichts zu Abend«, erklärte Oxana ihm, »das hat meine Großmutter schon praktiziert und die ist über hundert Jahre alt geworden!«

»Respekt. Ist es die Großmutter mütterlicher oder väterlicher Seite?«

»Von meinem Vater. Wieso fragst Du?« Oxana war verwirrt.

»Weil die väterliche Seite in deiner Familie eh ein wenig starrsinnig zu sein scheint und die leben ja bekanntlich länger!«

»Ach.« Oxana sah ihn durchdringend an: »daran erinnerst du dich also noch?«

»Yep! Die Geschichte mit der Namensgebung hat sich bei mir festgesetzt.« Bevor er jedoch näher darauf eingehen konnte, betraten zwei seiner Mannschaftskollegen die Bar und Ben winkte um sie zu begrüßen. Während er sich vom Hocker erhob legte er Oxana eine Hand in den Rücken und flüsterte in ihr Ohr: »War schön, Dich wiederzusehen …« Sprach es und verschwand in Richtung seiner Kumpel.

Oxana konnte ihre roten Wangen förmlich selber spüren und sah sich verstohlen um. Livia schien nichts mitbekommen zu haben. Als diese wieder hinter die Theke trat um die Kaffeemaschine zu bedienen fragte Oxana sie: »Ist der da hinten auch ein Spieler vom RCD?«

Livia wandte sich ihr zu und sah sich in ihrem Lokal um. »Meinst Du Ben? Das ist der neue Torhüter. Der ist seit der Winterpause da. Weil sich Andres doch so schwer verletzt hat und der Ersatztorhüter noch nicht so weit ist, international zu spielen.« Durchdringend starrte sie Oxana an: »Interessiert er Dich?«

Entrüstet hob diese die Hände und verneinte: »Liebe Zeit, nein. Ich hab nur gefragt. Er ist mir letztes Jahr gar nicht aufgefallen.«

»Konnte er ja auch nicht. Da war er noch gar nicht da. Aber jetzt ist er dir sofort aufgefallen, oder wie?« prüfend betrachtete sie ihre Freundin.

»Himmel. Du bist schlimmer als das FBI. Bei dir muss man genau aufpassen was man sagt.« Oxana tat empört und deutete mit dem Finger auf ihren Mund: »Lies es von meinen Lippen ab: ich bin nicht interessiert!«

»Haha! Hauptsache, Du glaubst das! Aber stell dir mal vor, Kelly wäre hier. Die würde dich nicht mehr aus ihren Klauen lassen!«

»Oh, Gott!« Oxana schauderte. Kelly war eine Freundin von Livia. Sie war ein herzensguter Mensch und mit Alvarez, dem Mannschaftskapitän, verheiratet. Und ihr liebstes und auch ihr erfolgreichstes Hobby war das Verkuppeln von Menschen, von denen sie der Meinung war, sie gehörten zusammen. Trotz aller Unkenrufe. Sie schob einen Zehn-Euro-Schein unter ihren Teller und stand auf: »Ich muss los. Wir sehen uns … Und kein Wort zu Kelly!« Sie war bereits an der Türe als sie von Livia, die breit grinste, zurückgerufen wurde: »Oxi! Du weißt, dass nur getroffene Hunde bellen, oder?« Ohne weiter darauf einzugehen oder um nach Ben zu sehen verließ Oxana die Bar.

Ben beschloss seinen freien Montag am Strand zu verbringen. Noch war es früh in der Saison und vormittags blieb der Strand ruhig und verlassen. Er parkte seinen Geländewagen an der bewachten Parkplatzanlage direkt hinter Carlos Strandbar. Während er über den Sand lief, suchte er mit den Augen in der Bar nach bekannten Gesichtern. Auch dort war noch nichts los, lediglich zwei Angestellte füllten die Salz- und Pfefferstreuer auf. Oxana schien nicht da zu sein, stellte er zu seinem Bedauern fest. Im Sand, auf dem Weg von der Strandbar zum Meer, lag ein großes Handtuch und eine Badetasche. Die dazugehörige Person schien im Wasser zu sein, denn er konnte weit und breit keinen Menschen sehen. ›Hoffentlich ist niemand ertrunken‹, dachte Ben, denn auch als er auf das Wasser hinaus sah, konnte er keinen Schwimmer entdecken.

Er breitete sein Handtuch ebenfalls aus und zog sich das T-Shirt über den Kopf. Die Badeshorts hatte er bereits an. Unschlüssig sah er auf das Meer, das sich in leicht kräuselnden Wellen langsam Richtung Strand bewegte. ›Eigentlich war es doch noch zu kalt zum Baden?‹ ging es ihm fröstelnd durch den Kopf. Daraufhin setzte er sich zunächst auf sein Handtuch. Er stützte die Hände hinter dem Körper auf und zog die Beine an während er nach rechts und links blickte. Ben genoss die Stille und die Beinahe-Einsamkeit. Als er wieder aufs Meer sah glaubte er eine Erscheinung zu haben. Mit offenem Mund starrte er auf die Meerjungfrau, die wie aus dem Nichts aus dem Wasser stieg. Wie hieß dieses Wesen doch gleich? Arielle? Bereits braungebrannt in einem weißen Badeanzug zog Oxana sich soeben die Taucherbrille mit Schnorchel ab. Das nasse Haar klebte an ihrem

Kopf und auf ihren Schultern. Sie hob die Hand und winkte. Zögernd hob er die Hand und winkte zurück als er bemerkte, sie winkte jemandem hinter ihm zu. Er drehte sich um und sah Carlos mit erhobener Hand an einem seiner Tische stehen: »Du warst heute aber verdammt lang draußen! Ich dachte schon, ich müsste ins Wasser …«

Oxana lachte: »Keine Sorge, alles gut.« Während sie nach dem Handtuch in ihrer Strandtasche griff registrierte sie, dass sich jemand neben ihr ausgebreitet hatte. Mit erstaunten Augen erkannte sie Ben: »Oh hallo. Auch schon Lust aufs Meer?«

Ben konnte im ersten Moment nicht antworten. Der Begriff Lust schien seine Sinne zu vernebeln. Sie sah umwerfend aus. Und als sie sich die Haare trocken rubbelte kamen ihre Locken wieder zum Vorschein. Wenn sie jetzt noch eine Schwanzflosse hätte, würde er glauben Arielle, die Meerjungfrau, gäbe es wirklich. Unmerklich schüttelte er sich aufgrund seiner wirren Gedanken und lächelte sie zögernd an: »Ja. Heute war mir nach Meer und ich sehe gerade, es war eine gute Entscheidung!«

»Es ist ein bisschen frisch wenn man aus dem Wasser kommt«, sagte sie und wickelte sich in ihr Handtuch. »Kommst Du mit zur Bar einen Kaffee trinken?« Auffordernd sah Oxana ihn an.

Er erhob sich und klopfte sich den Sand von den Shorts:« Klar, gerne.«

Sie setzten sich an einen Tisch, so dass sie beide aufs Meer sehen konnten. Eine Weile lief ihre Unterhaltung ein wenig schleppend. Sie kannten sich kaum und wussten im ersten Moment nicht über was sie miteinander sprechen konnten. Doch dann fasste sich Oxana ein Herz: »Kann ich Dich etwas Persönliches fragen?« zögernd sah Oxana Ben an.

»Klar, schieß los.« Er drehte ihr den Kopf zu. Sie hielt seinem Blick über den Rand ihrer Kaffeetasse hinweg, die sie mit beiden Händen festhielt, stand.

»Wie lange spielst Du schon Fußball?«

Er wiegte den Kopf hin und her und antwortete: »So an die zweiundzwanzig, dreiundzwanzig Jahre.«

Oxana verzog das Gesicht: »Ich meine, als Profi.«

Nun musste Ben kurz überlegen bevor er sagte: »Ich würde mal sagen, das sind jetzt neun Jahre.«

»Ok und wie viele davon in Spanien?«

»Drei. Ich war schon einmal zwei Jahre in Bilbao. Dann in Deutschland. Warum fragst Du?«

»Weil ich nicht glauben kann, dass Du Fernando Torres nicht kennst!«

Jetzt wusste er, worauf sie hinaus wollte. Auf ihr Gespräch in Barcelona, als sie erzählte, ihre Mutter wollte sie Olalla nennen. Er hatte damals nicht glauben können, dass jemand seiner Tochter den Namen Olalla geben wollte. Aber nach dieser Unterhaltung mit Oxana in der Tapas-Bar hatte er im Privatleben eines Kollegen geschnüffelt. Was er sonst nie tun würde. Natürlich kannte er Fernando Torres. Wer kannte *El Nino*, das seinerzeit vielversprechendste Talent der spanischen Liga und der Nationalmannschaft, nicht. Fernando Torres war nach einem Auslands-Engagement wieder zurück in Spanien und spielte bei einem Club in Madrid. Er kannte ihn gut und schätzte ihn sehr. Aber nie im Leben wäre er auf die Idee gekommen, ihn nach dem Namen seiner Frau zu fragen.

»Also, wenn Du möchtest, dass ich dich Olalla nenne, brauchst Du es nur zu sagen.« Er grinste sie an.

»Das beantwortet nicht meine Frage!« Ihre Miene war streng.

Er hob die Hände: »Ich ergebe mich. Ich weiß nicht, warum ich es dir damals nicht gesagt habe. Was verbindet dich mit Fernando außer dass Du beinahe den gleichen Namen hättest wie seine Frau?«

»Er ist ein Traum!« Oxana seufzte. Augenblicklich hatte sie Fernando Torres vor Augen. Den hochgewachsenen blonden Spanier mit den vielen Sommersprossen und den treuherzigen Augen.

Ben lachte laut auf: »Weiß seine Herrlichkeit, dass Du ihn anbetest?«

Sie schlug ihm mit der flachen Hand auf den nackten Oberschenkel: »Danke, dass Du mich ernst nimmst! Als meine Mutter mich so nennen wollte, wusste sie doch gar nicht, dass es Fernando gibt und dass seine Frau einmal so heißen würde. Aber dass sie mich so nennen wollte, das ist doch Schicksal, oder etwa nicht?«

»Ja, wenn man genug Phantasie hat, dann kann man hier von Schicksal sprechen.« Ben tat so als fühle er mit ihr, musste sich aber ein Lachen verkneifen. Überhaupt fühlte er sich mit Oxana unglaublich wohl. Mit ihr konnte er die dunklen Gedanken, die ihn umgaben, beiseite schieben und er selbst sein.

Sie unterhielten sich über alles Mögliche. Allerdings konnte er sie nicht besonders damit beeindrucken, dass er in einem Land, das sich Fürstentum nannte, geboren wurde. Sie lachte laut als er damit angeben wollte und sagte: »Wow. Ein Fürstentum. Wir Spanier sind auch ein Königreich. Wir sind mit unserem König sogar auf Du und Du. Er ist ganz volksnah, unser Felipe! Manchmal ist er sogar im Stadion! Euer Fürst auch?«

»Jetzt bin ich aber beeindruckt«, grinste Ben, »aber sprecht ihr auch drei Sprachen?«

»Brauchen wir nicht, wir verstehen uns mit einer«, konterte Oxana zurück. Seufzend gab er sich geschlagen und hob beide Hände: »Ich ergebe mich …« Unvermittelt fasste er sie am Arm als er bemerkte dass sie zitterte. »Ist Dir kalt? Du hast eine Gänsehaut.« Und tatsächlich war ein leichter Wind aufgekommen und Oxana fröstelte.

»Ja, also entweder wir gehen ins Wasser oder ich muss mir etwas überziehen. Der Wind ist eklig.« Sie sah ihn fragend an.

»Also ehrlich, ins Wasser kriegst Du mich nicht. Wenn ich mir vorstelle, wie kalt das noch ist und dazu der Wind. Nee, ein anderes Mal vielleicht. Wenn ich mir eine Erkältung hole, setzt mich Mats erst einmal auf die Bank.« Das verstand Oxana. Sie beschlossen, zusammen ein Stück den Strand hinauf zu gehen. Ben genoss Oxanas Gesellschaft. Sie sah in ihm nicht ein achtes Weltwunder, sie wollte nichts über sein Glamour-Leben wissen und sie wartete auch nicht mit fundiertem Halbwissen über Fußball auf. Er begann sich an ihrer Seite zu entspannen.

Oxana genoss Bens Gesellschaft ebenfalls. Sie unterhielten sich noch eine ganze Weile. Mit keinem Wort ließ er seinen Status als Prominenter raushängen. Außerdem war er ständig darauf bedacht, dass ihr nicht kalt war. Als er einmal über ihren Arm strich und fragte, ob ihr wieder warm wäre, stellten sich all ihre Härchen auf und sie hatte das Gefühl, auf der Stelle zu verglühen. Gottseidank ließ er gleich wieder von ihr ab.

»Wenn Du heute frei hast, wollen wir noch was zusammen unternehmen?« fragte er als sie wieder bei ihren Handtüchern am Strand angekommen waren.

Oxana zögerte erst, antwortete ihm dann aber doch: »Gern. An was hast Du gedacht? Einen Club?«

»Nein, eher nicht. Wollen wir was essen gehen? Isst Du Fleisch?«

Sie riss die Augen auf: »Du nicht?«

Erleichtert lachte Ben: »Doch, natürlich. Aber heute weiß man das ja nicht mehr so genau. Ich glaube, ich hab in den letzten Jahren mehr Vegetarier kennengelernt als Raucher.«

»Vegetarier oder Vegetarierinnen?«

»Ok. Erwischt. Also isst Du Fleisch,« stellte er lachend fest. »Weißt du, da gibt es in der Altstadt ein Steakhouse. Wollen wir da hin gehen?«

»Kenn ich gar nicht. Wo ist das?«

»Ich kann Dich abholen wenn Du einverstanden bist?«

»Okay.« Oxana gab ihm die Adresse und sie verabredeten sich auf den Abend. Ben verabschiedete sich, er hatte noch einen Interviewtermin am späten Nachmittag und Oxana legte sich wieder in die Sonne.

Beschwingt fuhr Ben nach Hause um sich umzuziehen und sich für seinen Termin bei einem Fernsehsender fertig zu machen. Er fühlte sich so locker wie seit langem nicht mehr.

Oxana verließ ihr Appartement zur verabredeten Uhrzeit und musste tief durchatmen. Ben stand angelehnt an seinen Geländewagen, der am Straßenrand parkte. Der ganze Mann war eine Augenweide: er trug dunkelblaue Jeans mit Löchern an beiden Knien, ein bedrucktes T-Shirt und wieder weiße Sneakers. Das schwarze Haar hatte er mit Gel gestylt und sein leichter Bartschatten gab ihm ein verwegenes Aussehen. Die Arme hatte er vor der Brust verschränkt, die Füße überkreuzt und im Gesicht trug er wieder dieses freche Grinsen. Ob seine Augen auch lachten, konnte Oxana nicht sehen, da er eine Sonnenbrille aufgesetzt hatte. Trotzdem schienen sich die Schmetterlinge, die sich den Nachmittag über in ihrem Bauch bemerkbar gemacht hatten, explosionsartig zu vermehren.

Die Vorfreude auf einen schönen Abend wurde jäh zerstört, als Ben zur Seite trat und Oxana die hintere Türe an seinem Wagen öffnete, damit sie einsteigen konnte. Enttäuscht bemerkte sie Mikki, der auf der Beifahrerseite saß und sich sichtlich widerwillig zu ihr umwandte um sie zu begrüßen.

»Oxana, darf ich Dir Mikki vorstellen?« Offensichtlich hatte Ben vergessen, dass sie seinem Kumpel bereits in Barcelona vorgestellt wurde. Ohne ihn darauf hinzuweisen, schickte sie ein freundliches ›Hallo‹ in Mikkis

Rücken. Der machte sich noch nicht einmal die Mühe, sich zu ihr umzudrehen. ›Das kann ja heiter werden‹ seufzte Oxana innerlich.

Im *TexMex*, einem Steakhouse, angekommen, öffnete Ben formvollendet die Türe und reichte ihr die Hand um ihr beim Aussteigen aus dem hohen Wagen zu helfen. Nur zu gerne ergriff sie diese und strich sich ihr kurzes Sommerkleid glatt als sie auf der Straße stand. Mikki kam um den Wagen herum und lief zügig auf das Restaurant zu, ganz offensichtlich nicht darauf bedacht, auf seine beiden Begleiter zu warten. Ebenso durchschritt er den Eingang ohne für Ben und Oxana die Türe aufzuhalten. Erst im Inneren blieb er stehen und wartete bis ein Kellner ihn nach einer Reservierung fragte. Als Ben neben Mikki trat erkannte ihn der Angestellte und bat sie ohne Aufsehen zu erregen, ihm zu folgen. Es wurde ihnen ein Tisch in einer wenig einsehbaren Nische angeboten. Bevor Ben Oxana fragen konnte, wo sie gerne sitzen wollte, fläzte sich ihr unangenehmer Begleiter auf einen Stuhl und ergriff die Getränkekarte. Oxana tat, als würde sie nichts bemerken. Einen kurzen Moment aber überlegte sie, einfach zu gehen. Ihr war nicht klar, warum Ben diesen Mikki nicht zurechtwies. Ihm musste doch das ungehörige Benehmen seines Freundes aufgefallen sein.

Oxana sah sich in dem gemütlichen Lokal um. Die Möbel spiegelten zum großen Teil eine Mischung aus spanischem und mexikanischem Lebensstil wieder. Die

Stühle waren aus Holz mit hoher Lehne und die Sitzfläche aus Bast mit einem bunt geflochtenen Muster. Die Tischdecken waren cremefarben und die Stoffservietten aus dem gleichen bunten Stoff wie die Sitzflächen der Stühle. Von der Decke hingen schwarze Kronleuchter, deren Glühbirnen wie echte Kerzen aussahen. Dementsprechend schummrig war auch das Licht. Trotz einer Kerze in einem kleinen Windlicht auf jedem Tisch. An den Wänden hingen Wagenräder und spanische Trinkbeutel. Die einzelnen Tische wurden durch unterschiedlich groß gewachsene Kakteenpflanzen abgeteilt.

Der eifrige Kellner nahm ihre Getränkebestellung auf nachdem er ihnen die Speisekarten vorgelegt hatte. »Was nimmst Du?« Ben sah Oxana fragend an. Sie spitzte die Lippen als sie antwortete: »Ich hänge zwischen dem Ribeye- und dem Lady-Steak fest.« Ben sah in die Karte und legte den Kopf schief: »Das Ribeye hat dreihundert Gramm. Das ist ne Menge Fleisch ... Vor allem für jemand, der normalerweise auf das Abendessen verzichtet.« Unsicher sah Oxana ihn an: »Ich kann auch selbst bezahlen ...« Da legte er ihr beschwichtigend die Hand auf den Arm und lachte: »Nein, so hab ich das nicht gemeint. Ich wollte nur sagen, also, ich kenne nicht viele Frauen, die ein so großes Stück Fleisch essen würden. Natürlich bist Du eingeladen. Und Du isst, worauf du Lust hast. Verstanden?«

Ihr Arm auf den er seine Hand gelegt hatte und nicht wieder wegnahm, brannte wie Feuer. Sie hoffte, er bemerkte nicht, wie sich ihr zum zweiten Mal an diesem Tag alle Härchen aufstellten.

»Was isst du?« fragte sie Mikki. Zum einen, um ihn nicht außen vor zu lassen, zum anderen um sich abzulenken.

»Also ich nehme den Steakhouse-Teller.« Ohne sie zu beachten wandte er sich an Ben: »Kannst Du für mich mitbestellen?« Er sah Ben durchdringend an. »Und hast Du mir mal einen Zehner?« Ben verzog keine Miene als er seine Geldbörse aus der Hosentasche zog und ihm einen Zehn-Euro-Schein hinwarf. In diesem Augenblick kam der Kellner mit den Getränken. Ben bekam ein kleines Bier, Oxana ein Glas Vino Tinto, einen roten Tischwein, und Mikki hatte eine Cola mit Jack Daniels bestellt, von dem er einen großen Schluck nahm, kaum dass der Kellner das Glas vor ihm abgestellt hatte. Dann stand er auf und ging durch das Lokal in einen Nebenraum. Ben seufzte. Der Angestellte tat als bemerkte er das ungehobelte Verhalten dieses Gastes nicht und nahm übertrieben freundlich die Essensbestellung auf.

Ben kochte innerlich. Mikki benahm sich wie immer unmöglich. Er war ohne sich anzumelden bei ihm aufgetaucht und hatte sich nicht abwimmeln lassen, als er ihm zu erklären versuchte, dass er zum Essen verabredet war. Seit Ben die Bürde auf sich genommen hatte, sich um Mikki zu kümmern, war sein Leben ein einziges Auf und Ab. Wann immer sie zusammen unterwegs waren, glaubte er auf einem Pulverfass zu sitzen. Mikki trank zu viel und er rauchte Dinge, die ihm nicht gut taten. In einem Moment war er ruhig und gechillt und im nächsten Moment flippte er komplett aus und konnte nicht mehr still sitzen. Ben hatte die Befürchtung, dass er über das Stadium, dass er halogene Stoffe nur rauchte bereits hinaus war.

Er wollte aber nicht mit Oxana darüber reden. Also tat er als wäre nichts und begann eine zwanglose Unterhaltung. Wieder einmal an diesem Tag registrierte er ihr Feingefühl, indem sie die inakzeptable Begleitung wortlos hinnahm. Einen Moment lang war er versucht, sich ihr doch zu offenbaren. Irgendwann musste er einmal mit jemanden darüber reden. Doch als Mikki zurückkam und sich auf seinen Stuhl fallen ließ war die Möglichkeit vorbei. Ohne einen Ton zu sagen starrte dieser vor sich auf das Tischtuch und trommelte nervös mit den Fingern auf seinem Oberschenkel. Oxana beachtete ihn nicht und setzte ihre Unterhaltung mit Ben fort.

»Hast Du mir noch einen Zehner?« Mikki stand plötzlich wieder auf und hielt Ben die Hand hin, der ihm kommentarlos einen Zehn-Euro-Schein hineinlegte. Während sein Kumpel wieder davon trabte seufzte Ben tief: »Es tut mir leid, er stand plötzlich vor meiner Haustüre. Ich dachte nicht, dass er sich so dermaßen daneben benehmen könnte.« Entschuldigend sah er Oxana an.

»Wenn Du genug Zehner für ihn dabei hast, kann ich mit ihm auskommen«, lächelte sie verständnisvoll. »Was macht er mit dem Geld?«

»Im Nebenraum ist eine Bar mit Billard, Tischkickern, Spielautomaten und so Zeug. Da wirft er alles rein.«

Bevor sie weitersprechen konnten kam ihr Essen. Gleichzeitig erschien Mikki ebenfalls wieder am Tisch. Nicht ohne eine weitere Getränkebestellung aufzugeben obwohl sein Glas noch halb voll war. Als der Kellner kam, trank er es schnell aus um das neue in Empfang zu nehmen. Oxana wünschte ihm einen guten Appetit doch er ignorierte sie abermals. In seinem Essen stocherte er jedoch nur rum.

Ben begann sich zu entspannen und sein Essen zu genießen. Er hatte Spaß daran, Oxana beim Essen zuzusehen, die im Gegensatz zu seinen sonstigen Begleitungen einen ordentlichen Appetit zu haben schien. Sie hatte ein zweihundertfünfzig Gramm schweres, perfekt gebratenes Steak, eine Ofenkartoffel mit Kräuterrahm und einen Salatteller. Aber die Menge schien ihr keine Probleme zu bereiten. Sie unterhielten sich angeregt, nachdem Mikki, ohne sein Essen wirklich angerührt zu haben, wieder ins Nebenzimmer verschwunden war. Dieses Mal nahm er sein Getränk gleich mit.

Oxana versuchte sich nicht anmerken zu lassen, dass sie den Auftritt von Mikki unmöglich fand. Auch weil sie spüren konnte, wie unangenehm Ben diese ganze Situation war, entschied sie sich ihren Ärger zu schlucken. Im Gegenteil, sie genoss ihre Zweisamkeit jedes Mal wenn der Störenfried verschwand. Es war erstaunlich wie gut sie sich verstanden und wie unkompliziert sie miteinander umgehen konnten.

»Wie kam es dazu, dass Du Dich für Valencia entschieden hast?« wollte Oxana wissen.

»Eigentlich habe gar nicht ich mich dafür entschieden. Da war eine Anfrage des Vereins an meinen Berater und er hat das Angebot überprüft und für in Ordnung befunden. Dann ging alles ziemlich schnell. Andres war verletzt und Valencia brauchte einen Torhüter.«

»Du hattest kein Mitspracherecht?« Oxana war erstaunt.

»Doch. Aber ich kümmere mich nicht darum. Dafür ist der Berater ja da. Klar wird mir gesagt, woher ein Angebot kommt und wie es inhaltlich aussieht. Aber letztendlich ausschlaggebend ist die Perspektive. Und die kennt ein Berater besser als ich.« Ben zuckte mit der Schulter.

»Aber gefällt es Dir hier dann überhaupt?« Oxana konnte sich nicht wirklich vorstellen, dass man Menschen von einer Arbeitsstelle zur anderen transferierte und dabei nicht auf deren Wünsche einging.

Ben lächelte sie an als er ihre Hand ergriff und flüsterte: »Mir gefällt es plötzlich jeden Tag besser hier.«

Oxana lächelte verlegen und drückte als Antwort seine Hand. Zum ersten Mal an diesem Abend war sie froh, als Mikki wieder an ihrem Tisch auftauchte und sie irritiert anstarrte. Ihre Wangen schienen zu glühen.

»Können wir endlich gehen?« quengelte er.

Ben sah auf: »Wo willst Du hin?«

»Wir wollten noch in einen Club. Hast Du doch gesagt, oder?«

Oxana ließ Bens Hand los und sah zur Seite. Der Typ war echt eine Plage. Nie im Leben würde sie mit dem in einen Club gehen. »Also, ihr könnt gerne noch um die Häuser ziehen. Mir für meinen Teil reicht es heute.« Im wahrsten Sinne des Wortes.

»Echt? Du kannst doch mitkommen. Wir müssen ja auch nicht lange unterwegs sein?« fragend sah Ben sie an. Sie hatte das Gefühl, sein Bedauern war echt, aber sie wollte die Gesellschaft von seinem ungehobelten Freund nicht mehr ertragen müssen.

»Nein, wirklich nicht. Aber geht ihr nur.«

»Schade. Aber wir bringen Dich vorher noch nach Hause.«

›Das wäre ja dann wohl das mindeste‹ dachte Oxana, nun doch ein wenig enttäuscht über das abrupte Ende dieses Abends.

Nachdem Ben das ganze Essen bezahlt hatte, gingen sie wortlos zu dritt zum Auto. Mikki setzte sich wie selbstverständlich wieder auf den Beifahrersitz. Ben öffnete ihr die Türe zur Rückbank. Oxana stieg ohne ein weiteres Wort ein und legte den Gurt an. Während der Fahrt bemerkte sie, dass Ben sie im Rückspiegel beobachtete.

Ebenfalls unglücklich über den Verlauf des Abends fuhr Ben in Gedanken versunken die Straße des Wohnviertels in dem Oxana wohnte entlang. Niemand sprach ein Wort. Mikki trommelte ununterbrochen mit der rechten Hand auf der Armlehne der Türverkleidung.

»Halt, hier!« rief Oxana vom Rücksitz. Ben war ein Stück zu weit gefahren. Er wollte gerade zurücksetzen, als ein Wagen hinter ihnen hielt.

»Was gibt das jetzt?« brummte er.

»Egal. Lass mich hier raus, ich kann die paar Schritte zurück laufen.«

»Kommt nicht in Frage. Warte.« Ben sah in den Rückspiegel, fuhr ein Stück zurück und stieg aus als kein Fahrzeug kam. Oxana öffnete ebenfalls vorsichtig die Türe und sprang schnell aus dem Wagen. Aber sie konnte gerade noch hören, wie Mikki sagte: »Lass doch die Alte …«

Ben lief um das Fahrzeug herum und riss wütend die Beifahrertüre auf: »Noch ein Wort und ich schmeiß Dich raus! Hochkant!« Oxana kannte Ben noch nicht so gut, aber sie konnte die unterdrückte Wut in seiner Stimme ausmachen. Sie wollte nicht länger Zeuge dieser angespannten Stimmung sein: »Also, ich geh dann mal. Vielen Dank fürs Essen.«

Ben wandte sich ihr zu: »Warte! Bitte! Es tut mir echt leid …« Er hielt sie am Arm fest. Sie drehte sich zu ihm und sagte: »Lass mal. Der Abend war gar nicht so schlecht. Vor allem nicht in der Zeit, als dein Kumpel am Spielautomat war.« Sie lächelte, befreite sich sanft aus seinem Griff und lief die Treppen der Apartmentanlage hoch. »Gute Nacht.«

Vor Wut bebend stieg Ben wieder ein, startete den Wagen aber nicht sofort. Mikki hielt ihm die Faust hin damit er einschlug aber Ben ignorierte ihn. »Das war das allerletzte, was Du hier aufgeführt hast. Das sag ich Dir!«

»Ach komm, Alter. Die will nur an dein Geld. Und in dein Bett. Und in die Zeitung. Die ist wie alle … Zumindest wie fast alle«.

»Und das weißt Du, ja? Ausgerechnet du? Der große Mikki? Oxana und ich sind nur Kumpels! Gute Kumpels, die einen schönen Abend miteinander verbringen wollten. Und sonst gar nichts. Nada! Da ist nichts und da läuft nichts und da wird auch nie was laufen. Kapiert? Ich hab die Schnauze voll von Beziehungen!«

Mikki zuckte zusammen. Ben war so in Rage wie er ihn noch nie erlebt hatte. Jetzt war der Zeitpunkt gekommen, ihn nicht noch weiter zu reizen. Deshalb hielt er schmollend den Mund und sah aus dem Seitenfenster.

Oxana wollte eben die Stufen zu ihrem Hausdurchgang nehmen, als sie Bens laute Stimme vernahm. Verwirrt folgte sie dem Gespräch der beiden im Auto. Ben war so aufmerksam zu ihr gewesen, dass sie viel mehr in den Abend interpretiert hatte als ihr lieb war. Dass sie für ihn nur ein Kumpel sein sollte machte sie sprachlos. Sie schien wohl irrtümlicherweise dem Glauben erlegen zu sein, dass er in den vergangenen Tagen mit ihr geflirtet hatte. Die in ihrem Bauch tanzenden Schmetterlinge, die sie den ganzen Tag über gespürt hatte, falteten die Flügel zusammen und legten sich schlafen. Etwas Bleiernes legte sich über sie und diesen Abend.

Oxana lag dösend auf dem Rücken als ein Schatten den Himmel verdunkelte. Sie öffnete die Augen um sich ein Bild von der Größe dieser Wolke zu machen und blickte dabei direkt in Bens Gesicht, das sich über sie beugte. »Hast Du es schön! Den ganzen Tag am Strand liegen …« Er grinste.

»Da hast Du es doch viel schöner: Du darfst den ganzen Tag über gepflegten grünen Rasen laufen und kriegst auch noch einen Haufen Geld dafür.«

»Hahaha,« entgegnete er ihr während er sein Handtuch neben ihr ausbreitete und sich darauf niederließ. »Fängst Du erst später an?«

»Nein. Montag ist mein freier Tag.« Oxana setzte sich ebenfalls auf. »Eigentlich wollte ich gerade ins Wasser gehen als es auf einmal dunkel wurde.« Ben sah zum wolkenlosen Himmel. Und runzelte die Stirn: »Dunkel?«

»Na, du! Du hast dich direkt in die Sonne gestellt und ich hab erst gedacht, typisch, ein freier Tag und das Wetter zieht zu.«

Ben lachte: »Glück gehabt!«

»Was ist jetzt, kommst Du mit? Oxana sprang auf.

»Ach nein, lieber später. Ich schau Dir erst mal eine Weile beim Schwimmen zu.«

Jetzt war es Oxana, die ihre Stirn in Falten legte. »Aha. Na dann viel Spaß!« Sprach's und schnappte sich die Taucherflossen samt Schnorchel mit denen sie, übertrieben die Hüften schwingend, zum Wasser stolzierte. Sollte ihr ›Kumpel‹ von ihr denken was er wollte. Auch wenn sie nur ›Freunde‹ waren, sollte er ruhig Notiz von ihrer Weiblichkeit nehmen. Ben lachte leise und legte sich zurück. Er sah ihr eine Weile nach wie sie sich vom Ufer entfernte. Dann fielen ihm die Augen zu.

Oxana kraulte langsam aber stetig während sie das Ufer hinter sich ließ. Dann nahm sie den Schnorchel in den Mund und ließ sich treiben. Sie liebte es, die Unterwasserwelt zu beobachten. Allzu exotische Fische gab es hier nicht, aber allein die Bögen, die die stetige Bewegung des Wassers in den sandigen Untergrund zeichnete, konnte sie sich stundenlang ansehen. Und manchmal sah sie Seesterne und Seepferdchen vorbei schweben. In dieser Bucht, die ziemlich nahe am bekannten Naturstrand lag durften sich keine motorisierten Boote und Jet-Ski aufhalten so dass sie nicht Gefahr lief überfahren zu werden. Wenn sie genug davon hatte, sich mit dem Gesicht nach unten treiben zu lassen, drehte sie sich einfach auf den Rücken. Dieses Gefühl der Schwerelosigkeit faszinierte sie jedes Mal aufs Neue. Während sie so vor sich hinschaukelte wurde ihr langsam kalt und sie bemerkte auch, dass sich der Stand der Sonne verändert hatte. Also drehte sie sich wieder auf den Bauch und schwamm gemächlich zurück. Als sie wieder Boden unter den Füßen vermutete stellte sie sich auf und sah Ben am Ufer stehen. Ein wenig dahinter erkannte sie Carlos. Sie winkte. Ben hatte sie Hände in die Hüfte gestemmt und winkte nicht zurück. Carlos entfernte sich gerade wieder in Richtung seiner Bar. Langsam watete Oxana aus dem Wasser und wrang ihre Haare aus.

»Bist du irre?« Ben war außer sich.

Oxana blickte sich um damit sie sicher sein konnte, dass er sie meinte. »Was ist?«

»Was ist? Du warst über eine Stunde da draußen! Ich hab gedacht, du bist ertrunken!« Bens Stimme überschlug sich beinahe.

Oxana konnte nicht anders, sie musste grinsen. »Hast Du dir Sorgen um mich gemacht?«

»Wie kommst Du jetzt da drauf?« Er schüttelte den

Kopf. Er war außer sich: »Ich hab Carlos ganz verrückt gemacht!«

Oxana konnte nicht anders. So nass wie sie war, lehnte sie sich an ihn, schlang ihre Arme um seinen Hals und küsste ihren Kumpel auf den Mund. Im ersten Moment reagierte Ben überhaupt nicht. Was wahrscheinlich auch daran lag, dass sie eiskalt war. Dann schloss er sie in seine Arme und küsste sie zaghaft zurück.

In seiner Bar murmelte Carlos: »Ende gut – alles gut!«

Ben schloss die Augen als Oxana ihn küsste. Er konnte da Gefühl nicht beschreiben, als er nachdem er kurz eingeschlafen war, die Augen wieder geöffnet hatte und das Meer seelenruhig vor ihm lag. Von Oxana keine Spur weit und breit. Auch die Menschen am Strand waren überschaubar. Rasend vor Angst stürmte er in die Bar und bat Carlos die Rettungswacht zu alarmieren. Carlos blickte mit einer Ruhe um sich, die Ben beinahe zum Choleriker werden ließ. »Oxi ist manchmal verdammt lange draußen. Warten wir noch ein bisschen mit der Rettung, ok?« Ben wollte schon handgreiflich werden, als ein Gast, der den Tumult mitbekommen hatte, aufs Meer zeigte: »Ich glaube, da schwimmt etwas.« Ben wirbelte herum und tatsächlich: jemand kraulte gemächlich landeinwärts. Hoffnungsvoll lief er zum Strand. Nur mit Mühe konnte er es sich verkneifen, vor Erleichterung in den Sand zu sinken, als er Oxana erkannte. Mit langen Schritten lief er hinunter ans Wasser.

Er hielt sie so lange fest bis er feststellte, dass sie nicht vor Erregung zitterte sondern vor Kälte. Er reichte ihr ein Handtuch in das sie sich dankbar einwickelte.

»Mach das nie wieder! Wie kann man sich so lange da draußen aufhalten?«

Frech antwortete sie: »Ich wusste nicht, dass wir verabredet waren.«

Ben schnaubte. Während Oxana ihre Haare trockenrubbelte grinste sie immer noch: »Das nächste Mal kommst Du ganz einfach mit.«

»Das glaubst auch nur Du. Aber von wegen Verabredung. Wenn Du heute frei hast, könnten wir vielleicht zusammen was essen?« Erwartungsvoll sah er sie an.

»Also ganz ehrlich: ich hab Hunger wie ein Wolf und wäre schön blöd, jetzt nein zu sagen. Aber Du zahlst. Du verdienst mehr!« Sie bohrte ihm den Zeigefinger in die Brust und lächelte ihn auffordernd an.

Ben erhob theatralisch die Hände: »Ausnahmsweise!«

Oxana stand am Flipper und betätigte begeistert die Knöpfe. Nachdem Ben sie abgeholt hatte fuhren sie spontan ins *TexMex* ohne vorher einen Tisch reserviert zu haben. Der Kellner hatte sie jedoch gleich wieder erkannt und sie gebeten, in der Bar bei einem Drink auf einen freien Tisch zu warten. Während Ben sich an die Bar setzte und ein Bier bestellte, inspizierte Oxana die Spielautomaten und warf etwas Geld in den Flipper. Ihr eigenes wohlgemerkt.

Als die Klingel ertönte weil die Kugel durchgefallen war, stampfte sie mit dem Fuß auf und schlug mit der flachen

Hand auf die Plexiglasscheibe. »Mist-Ding!« rief sie und zog erneut an der Feder um die Kugel in das Halbrund der oberen Hälfte des Flippers zu schleudern. Ben lachte und stand von seinem Hocker auf: »Schon mal was von Spielsucht gehört?« Er stellte sich hinter sie und umfasste ihre Hüfte. Oxana beugte sich ein wenig nach vorn als könnte sie der Kugel so den Weg durch die Endzone versperren. Dadurch schob sich ihr Po nach hinten und sie berührte Ben in der Leistengegend. Sofort schoss ihm alles Blut in die Lenden und er musste die Zähne zusammenbeißen um nicht laut aufzustöhnen. Aber er ließ sie nicht los sondern schloss seine Hände fester um ihren Bauch. »Das ist unlauterer Eingriff in den Spielbetrieb, wenn man das so sagen darf« ließ Oxana verlauten. Und um das ganze zu bekräftigen, rieb sie sich an ihm.

»Ja vielleicht. Aber Dir kann man ja nicht zusehen beim Flippern.« Er legte sein Kinn auf ihre Schulter und beide Hände auf ihre. »Man lässt die Kugel erst kommen und dann, zack, drückt man den Knopf. Damit man mehr Speed hat um die Kugel zurück zu schießen.« Als er die Tasten rechts und links drückte um die Kugel nach oben zu katapultieren schob er gleichzeitig die Hüfte vor als wolle er der Kugel persönlich Schub mitgeben. Die einzige Wirkung, die er hierbei erzielte war, dass er sich noch enger an Oxana drückte und sie gegen den Flipper schob.

Halb drehte sie sich zu ihm um: »Ich will gar nicht wissen, wie das jetzt für Außenstehende aussieht«. Dabei rollte sie mit den Augen.

Ben lachte, trat aber einen Schritt zurück. Dabei

konnten sie beide hören, wie die Flipperkugel ins Loch plumpste. Gleichzeitig ertönte die Sirene zum Zeichen dass ihr Spiel zu Ende war. Gespielt genervt trat Oxana gegen das Bein des Spielgeräts. »Ich hab eh keine Lust mehr!«

In diesem Augenblick kam der Kellner um sie an ihren nun freien Tisch zu begleiten.

Ben legte Oxana seine Hand in den Rücken und zog formvollendet den Stuhl zurück damit sie sich setzen konnte. Erfreut bemerkte er wie sie ihn dankbar anstrahlte und nach der Karte griff, die der Kellner ihr hinhielt. Nicht zum ersten Mal stellte er fest, dass Oxana ein durchwegs positiver Mensch war. Mit ihr konnte er sich gut unterhalten, es war immer lustig, wenn sie zusammen waren und er schätzte ihre Gesellschaft im Allgemeinen. Kurzum, sie tat ihm gut und er vergaß in ihrer Anwesenheit seine große Sorge. Die in diesem Augenblick das Lokal betrat. Ben seufzte. Oxana, die gerade die Karte weglegte, folgte seinem Blick. Mikki sah sich suchend um und kam dann auf sie zu. Als er Oxana bemerkte verzog er ganz offensichtlich missmutig das Gesicht.

›Ja, so geht es mir auch‹ dachte diese, sagte aber nichts sondern lächelte ihm entgegen. Fröhlich begrüßte sie ihn. Mikki hob widerwillig die Hand und ließ sich ungefragt auf einen freien Stuhl gleiten.

»Auch schön Dich zu sehen.« Ben machte keinen Hehl daraus, dass ihm dieser zusätzliche Gast überhaupt nicht passte. Mikki sagte gar nichts. Er würdigte Oxana keines

Blickes und sah sich angestrengt nach dem Kellner um damit er sich eine Cola, wie immer mit Schuss, bestellen konnte.

»Ich hab Dich nirgendwo erreichen können« beklagte er sich indem er ausschließlich Ben ansah.

»Ich hab gedacht, ich nehm' mir heute mal frei!« entgegnete ihm Ben spitz. Er war selbst etwas überrascht über seinen Tonfall. Und bemerkte an Mikkis aufgerissenen Augen, dass dieser die Schärfe in seinen Worten ebenfalls bemerkt hatte. Was dann kam, hatte Ben auch schon hundert Mal erlebt: Mikki setzte sein Getränk an den Mund, leerte das Glas in einem Zug und stieß sich vom Tisch zurück. Ohne darauf zu achten, dass der Stuhl umfiel verließ er wortlos das Lokal.

»Sollen wir gehen?« fragend sah Ben Oxana an, die diese Szene wortlos verfolgt hatte.

»Nie im Leben. Ich hab Hunger.« Sie drückte seine Hand und lächelte. »War irgendwas?«

»Nur ein mittlerer Tornado. Aber schon vorbei.« Ben war erleichtert. Er musste ihr das Ding mit Mikki irgendwann und irgendwie erklären. Aber nicht heute …

Als ihr Essen serviert wurde probierten sie wie selbstverständlich vom Teller des anderen.

»Ich liebe diesen arroz con judias secas y nabo (Reis mit Bohnen und Steckrüben). Das hätte ich auch nehmen sollen.« Oxana nahm genussvoll seufzend noch einmal eine große Gabel voll von Bens Teller. Der hat das landestypische Eintopfgericht mit Speck und Kalbfleisch bestellt. Oxana dagegen hatte wieder das Lady-Steak mit einer Sauerrahm-Ofenkartoffel bestellt.

»Man geht auch nicht zweimal in dasselbe Lokal und bestellt das Gericht vom letzten Mal.« Er schüttelte amüsiert den Kopf.

Irgendwann lehnten sie sich beide mit einem Völlegefühl zurück.

»Es ist nicht zu fassen, dass Du es als professioneller Sportler zulässt, dass wir uns hier so vollfressen.« Sie ächzte.

Ben lachte und winkte den Kellner heran. »Lass uns zahlen und noch ein bisschen laufen, ja?« Er sah sie fragend an.

Oxana konnte sich eine Menge schrecklichere Dinge vorstellen, als mit Ben ein wenig spazieren zu gehen. Daher schlug ihr Herz ein wenig schneller, als er damit signalisierte, dass auch er den Abend noch nicht beenden wollte. Also ließen sie den Wagen auf dem Parkplatz stehen und überquerten die Straße zur Promenade. Ben ergriff wie selbstverständlich ihre Hand und sie bummelten entlang der von Palmen gesäumten *Avenida del Mar*. Rechts von ihnen konnte man kleine Bars und Cafés sowie Boutiquen aufsuchen, links kräuselten sich Schaumkronen leichter Wellen, die sanft an den Strand gespült wurden. Hin und wieder mussten sie stehenbleiben wenn Ben um ein Foto mit einem Fan gebeten wurde oder ein Autogramm geben musste. Er blieb jedes Mal freundlich und höflich und erfüllte alle Wünsche.

»Wow.« Oxana griff sich theatralisch ans Herz. »Ich vergesse immer wie prominent du bist.«

»Was? Gehst du nicht auch nur mit mir aus weil ich so prominent bin? So was ignoriert man doch nicht. Das trifft mich hart.« Ben sah sie mit weit aufgerissenen Augen an. »Ach ja. Ich hab's vergessen. Du arbeitest dich ja zu Fernando Torres vor. Aber da musst du dich schon noch ein bisschen ins Zeug legen!« Lächelnd stupste er sie auf die Nasenspitze.

Oxana blieb unter einer Palme stehen. Sie umschlang ihn und legte die Stirn in Falten: »Wer war noch Mal Fernando Torres?«

»Ollala, da hab ich aber einen guten Eindruck gemacht, wenn Du ihn so schnell schon vergessen hast.« Grinsend legte er ihr seinen Arm um die Schulter und sie schlenderten weiter bis zum Ende der Promenade wo in diesem Augenblick die Sonne wie ein Feuerball im Meer versank. Wortlos und eng umschlungen beobachteten die beiden dieses Schauspiel.

Ben griff zu seinem Handtuch, das im Tornetz hing. Das Training war anstrengend gewesen und nun zu Ende. Er trug ein Kurzarm-Shirt und kurze Trainingshosen aber der Schweiß lief in Strömen. Die Spieler waren bis an ihre Grenzen gegangen und die Sonne tat ihr übriges. Jetzt Anfang Mai war die Trainingseinheit um die Mittagszeit eine echte Herausforderung. Das Thermometer stieg auf über 25 Grad, was die Touristen in und um Valencia sehr begrüßten. Ein Fußball-Training jedoch vertrug durchaus auch niedrigere Temperaturen.

Mats Manning, der Trainer und sein Team riefen die Mannschaft zusammen: »So, Leute. Wir haben in den kommenden Tagen die letzten drei Saisonspiele aus denen wir neun Punkte holen können. Das bedeutet für uns die Meisterschaft. Wenn wir keine Punkte mehr liegen lassen, marschieren wir durch. Aber ich denke, das zu erwähnen ist überflüssig. Es ist jedem von euch klar. In drei Wochen gehen wir alle verdient in den Urlaub aber bis dahin will ich dass ihr mehr als hundert Prozent gebt, ich will dass ihr auf dem Zahnfleisch geht und um euer Leben lauft. Wir sind so dicht davor!« Mit Daumen und Zeigefinger deutete er an, wie knapp er die Situation sah. Zwischen Daumen und Zeigefinger hätte kein Blatt Papier gepasst. Die Mannschaft klatschte laut Beifall und ballte die Fäuste. Die Anspannung war deutlich zu spüren.

Das Spiel gegen Getafe gewannen sie im ohne Probleme. Dieser Gegner beendete die Saison im Mittelfeld – egal wie die kommenden Ergebnisse ausfielen. Sie konnten keinesfalls mehr die Position für die internationalen Wettbewerbe erreichen. Genauso weit waren sie von den absteigenden Plätzen entfernt. Dies merkte man dieser Mannschaft auch an. Sie spielte eher lustlos und ohne Engagement. Ben hatte nicht viel zu tun und die Stürmer erhöhten ihr Torpunkte-Konto. Letztlich stand es fünf zu null als der Schiedsrichter abpfiff.

Mats hatte eine Menge zu tun um seine Spieler nach diesem Spaziergang auf die nächste Partie einzuschwören. Er wusste, dass es gegen Levante keine einfache Aufgabe werden würde. Levante stand auf dem vorletzten Tabellenplatz und könnte sich mit einem Sieg auf einen Nichtabstiegsplatz retten. Mats wusste, dass dies die gefährlicheren Spiele waren im Gegensatz zu einem gleichstarken Spielpartner. Man nahm die vermeintlich Kleinen nicht mehr ernst genug und dann konnte so ein Spiel ganz leicht kippen.

Ben fuhr erschöpft vom Training nach Hause. Einen Moment lang überlegte er, in die Strandbar zu fahren. Er hatte Oxana schon einige Tage nicht mehr gesehen. Doch die zurückliegenden Trainingseinheiten hatten ihren Tribut gefordert. Der Trainer versuchte die letzten Reserven aus ihnen heraus zu kitzeln. Die Hitze tat ihr übriges dazu und er fühlte sich ziemlich ausgelaugt. Außerdem hatte er Hunger. Da klingelte sein Handy und Mikkis Nummer leuchtete auf. Ben zögerte, nahm den Anruf dann aber doch entgegen. »Hei, Kumpel. Was gibts?« Am anderen Ende war jedoch nicht Mikki, sondern sein Kumpel Frederico der ziemlich aufgeregt klang: »Eh Ben. Mikki geht's nicht gut. Ich bin mit ihm im Krankenwagen. Oh Mann, er kotzt das ganze Auto voll. Wir sind auf dem Weg ins Hospital Cruz Roja. Kannst Du kommen?«

Ben stöhnte. Er hatte keine andere Wahl. »Ich bin unterwegs …«.

Oxana sah auf die Uhr. Es war kurz vor ein Uhr. Ein paar Nachtschwärmer hatten gerade bezahlt und die Bar verlassen. Carlos reinigte eben noch die Theke während sie die Tische wischte. Sie hatte Ben seit einer Weile nicht mehr getroffen und hatte insgeheim gehofft, dass er vielleicht heute Abend nach dem Training noch vorbeikommen würde. In letzter Zeit hatten sie sich des Öfteren gesehen ohne sich vorher zu verabreden. Ben wusste wo und wann sie arbeitete und wann ihr freier Tag war. Er wusste auch, dass er sie an ihrem freien Tag ebenfalls am Strand finden konnte.

»Komm, machen wir Feierabend.« Carlos hatte den Bar-Tresen bereits auf Hochglanz poliert und alles für den nächsten Morgen vorbereitet als Oxana hinter die Theke kam um das Wischwasser auszuleeren, mit dem sie zuletzt noch die Aschenbecher gespült hatte. Sie willigte ein und stellte den Eimer und die Putzlappen weg. Ben kam heute wohl nicht mehr …

Ben war in der Zwischenzeit im Krankenhaus angekommen. Er fand Frederico in der Notaufnahme vor. »Wir müssen auf den Arzt warten. Sie konnten noch nichts sagen …«

»Was ist denn überhaupt passiert?« wollte Ben wissen. Er kannte Frederico nicht besonders gut. Er wusste nur, dass er Mikki oft in die angesagtesten Clubs mitnehmen konnte. Keine Ahnung wie er es schaffte, immer und überall Eintritt zu erlangen. Er machte auf Ben alles andere als einen seriösen Eindruck. Aber das machte leider keiner von Mikkis Clique.

»Wir waren im *Rockstar* und Mikki hatte ein, zwei gemischte Coca-Cola zu viel getrunken. Aber im Grunde auch nicht mehr als sonst. Dann wollte er an die frische Luft gehen und draußen ist er einfach umgekippt.« Er zuckte mit den Schultern. Bevor jedoch Ben noch weitere Fragen stellen konnte, kam ein Arzt den Gang entlang. Er streckte beiden die Hand zum Gruß entgegen.

Direkt an Frederico gewandt fragte er: »Sind Sie ein Angehöriger?« Nachdem dieser verneinte fragte er nicht weiter. Für den Fall, dass er Ben erkannt hatte, hielt er sich jedoch zurück und ließ sich nichts anmerken. »Sie haben den Patienten eingeliefert?« stellte er die Frage an beide, die einfach nur nickten. »Gefährlicher Cocktail, den Ihr Freund intus hatte. Wir werden ihn heute Nacht hierbehalten müssen. Wir haben den Rest, den er noch im Magen hatte ausgepumpt und überwachen die Ausnüchterung sicherheitshalber vor Ort.« Täuschte sich Ben oder sprach der Arzt nun bewusst direkt zu ihm? »Und es wäre von Vorteil, wenn Ihr Freund nach diesem Aufenthalt zukünftig mehr feste Nahrung zu sich nehmen würde als nur flüssige. Sein Gesamtgewicht ist eher grenzwertig.«

»Was meinen Sie mit gefährlichem Cocktail?« Ben konnte sich nichts darunter vorstellen.

»Nachdem Sie kein Angehöriger sind, kann ich ihnen darüber leider keine Auskunft geben. Sie können kurz zu ihm hinein. Aber wundern Sie sich nicht, er ist nicht ansprechbar. Und dann gehen Sie nach Hause. Hier können Sie im Moment nichts tun.«

Mikki lag regungslos in dem sterilen Krankenhausbett. Eine Menge Geräte piepten um ihn herum. Seine Augen öffnete er während der ganzen Zeit, die Ben anwesend war, nicht einmal. Aber unter den geschlossenen Lidern konnte man erkennen, wie das Augeninnere hin und her flog. Ben seufzte. Soweit hätte es nicht kommen dürfen. Bevor Ben das Zimmer nach zwei Stunden wieder verließ klopfte er auf die Bettdecke: »Komm schon Junge. Aufgeben ist keine Option!«

An diesem Sonntag konnte Oxana sich nicht mit Ben treffen. Er hatte ein Auswärtsspiel in Levante und sie fuhr zu einem Kurzbesuch zu ihrer Mutter nach Alicante. Einmal im Monat hatte Oxana sonntags frei und es war eine stumme Abmachung zwischen ihr und ihrer Mutter, sich an diesem Tag nachmittags zu treffen. Der traditionelle Sonntag im Hause von Oxanas Eltern sah so aus, dass ihre Mutter zu Mittag kochte und ihr sehr konservativer Vater, das klassische patriarche Familienoberhaupt der alten Schule, direkt nach dem Essen in eine Tapas-Bar ging um mit seinen Freunden und Kollegen das Sonntagspiel der spanischen Fußball-Liga, genannt La Liga, anzusehen. Daher wurde ganz großen Wert auf Pünktlichkeit bei der Einnahme des Mittagessens gelegt. Wenn ihr Vater aus dem Haus war, hatte ihre Mutter Zeit für sich, denn meistens kam er erst spät abends angetrunken zurück und fiel direkt ins Bett. Wenn Oxana zu ihrer Mutter fuhr, versuchte sie ihre Besuche ausschließlich auf die Zeit nach dem Essen zu legen. Sie hatte kein gesteigertes Bedürfnis, ihrem Vater zu begegnen. Felipe, ihr Bruder hielt es genauso. Obwohl dieser keinen Grund hatte, seinem Vater aus dem Weg zu gehen. Felipe war das auserkorene Lieblingskind ihres Vaters obwohl er mit seinen achtundzwanzig Jahren noch nicht viel auf die Beine gestellt hatte. Er brach die Schule ab, hatte kein geregeltes Einkommen und hielt sich mit Gelegenheitsjobs über Wasser. Trotzdem hielt der Vater seinen Sohn für den besten Nachkommen der Welt. Er hatte bisher nur sehr viel Pech auf seinem beruflichen Werdegang gehabt und immer lag die Ursache des Versagens in der Hand anderer. Ohne gefragt zu werden steckte er ihm immer wieder Geld zu. Fragen würde Felipe nie, aber sein Vater wusste von ganz allein, dass seine seltenen Besuche im elterlichen Haus meistens mit finanziellen Problemen zusammen hingen. Er begründete seine Großzügigkeit immer damit, dass der ›gute Junge‹ es ihm mit Sicherheit eines Tages zurückgeben würde. Und Schuld an den Engpässen hatten immer andere. Niemals sein Sohn!

Felipe kellnerte einmal eine Zeit lang in einer heruntergekommenen Kaschemme, aber für ihren Vater bedeutete dies so viel als wäre ihr Bruder Teilhaber in einem Sterne-Restaurant.

Zu Oxana hatte er seit jeher eine sehr schwierige Beziehung, wenn man ihr Verhältnis überhaupt Beziehung nennen konnte. Ihren Schulweg bis hin zur Hochschulreife hielt er für verlorene Zeit. Ihr Studium bezeichnete er als brotlose Kunst und beschwor bereits den Tag herauf, an dem sie ihm wieder auf der Tasche liegen würde. Als ihr Vater erfahren hatte, dass Oxana in einer Strandbar jobbte, bezeichnete er sie als Flittchen. Er unterstellte ihr auch, das Geld für ihr Studium im horizontalen Gewerbe zu verdienen. Was ihr dann am Schluss noch fehlte würde ihr die Mutter von ihrem Haushaltsgeld abzweigen. Deshalb müsste er Tag für Tag diese ungenießbaren Mahlzeiten zu sich nehmen, sie ihm täglich zubereitete. Und als ihr Vater seine Meinung über sie mit immer absurderen Theorien anreicherte, ging sie ihm einfach aus dem Weg. Ihrer Mutter zu liebe. Eine Eskalation müsste diese schlimmstenfalls alleine ausbaden. Auch zum Bruder hatte Oxana ein eher angespanntes Verhältnis. Einfach weil er all die Jahre die Gunst des Vaters immer wieder ausgenutzt hatte und dabei nicht einmal Partei für seine Schwester ergriffen hatte.

Nachdem sie für ihr Studium nach Barcelona gezogen war, übernachtete sie niemals mehr in ihrem Elternhaus und auch Felipe hatte seinen Wohnsitz mal bei Bekannten, mal bei einem Freund und manchmal auch bei der Caritas. Einmal sogar im Gefängnis. Wegen einiger nicht bezahlter Mietschulden. Aber das wusste sein Vater nicht und niemals würde er ihn deshalb um Hilfe bitten. Weder finanziell noch um unter dem elterlichen Dach unterkommen zu können. In diesem Falle hatte der alte Herr seinen Stolz an seinen Sprössling weitergegeben.

Oxana dagegen, die ihre Schule mit einem guten Abschuss beendet hatte, ihr Studium sehr ernst nahm und zudem selbst finanzierte, war in den Augen ihres Vaters nur ein kleines Licht. Er konnte sich beim besten Willen nicht vorstellen wie sie eines Tages ihren Lebensunterhalt mit einem Kunststudium verdienen wollte. Und er ließ keine Gelegenheit aus, ihr dies an den Kopf zu schleudern. Daher versuchte Oxana so gut es ging, ihm aus dem Weg zu gehen.

Heute jedoch war etwas anders. Der Fernseher lief lautstark im Wohnzimmer als Oxana leise die Tür mit ihrem Schlüssel öffnete. Der Herr des Hauses schien anwesend zu sein. Trotz der Tatsache, dass die Türe zum Wohnzimmer nur angelehnt war ging sie davon aus, dass ihr Vater sie nicht gehört hatte. Auf Zehenspitzen schlich sie in die Küche wo ihre Mutter zusammenfuhr als sie bemerkte. Oxana entdeckte sofort die verquollenen Augen ihrer Mutter. »Mamacita, was ist los?« Sie legte ihren Arm um die kleine gebrechliche Gestalt. Diese schluchzte so leise sie konnte. »Eine Katastrophe!«

»Was ist passiert? Warum ist er hier?« Verstohlen sah sie sich um ob das Oberhaupt der Familie sie auch nicht hörte. Aus dem Wohnzimmer war keine Bewegung zu vernehmen.

»Felipe.« Ihre Mutter setzte zu sprechen an als ihre Stimme wieder brach.

»Was ist mit Felipe?« Oxana wurde kalt. »Was ist denn passiert? So sprich doch!«

»Felipe geht nach Fuerteventura. Mit einem Mann. In den ist er verliebt.« Die Mutter schluchzte erneut auf.

»Felipe liebt Männer?« Oxana riss die Augen auf und sah ihre Mutter sprachlos an. Im ersten Moment war sie erleichtert, dass ihm nichts zugestoßen war, im nächsten Moment wurde ihr bewusst, dass sie in einer Generation aufwuchs, für die gleichgeschlechtliche Liebe etwas vollkommen normales war. Dann fiel es ihr wie Schuppen von den Augen als ihr die Tragweite dieser Offenbarung bewusst wurde. Für ihren Vater musste die Tatsache, dass sein hochgelobter Sohn schwul sein sollte, ein Genickschlag unsagbaren Ausmaßes sein. Doch nicht sein geliebter Felipe! Was für eine Schande für das konservative Familienoberhaupt. Sie umarmte ihre Mutter ganz fest.

»Was hat er zu ihm gesagt?«

»Er hat ihn rausgeworfen. Und ihm gesagt, dass diese Türe für ihn geschlossen ist. Dass wir ihn nicht mehr sehen wollen. Ich konnte gar nichts dazu sagen. Aber er ist doch mein Junge, mir ist doch egal, wen er liebt.« Sie konnte kaum sprechen.

»Oh mein Gott. Das muss ein ganz harter Brocken für ihn sein.« Oxana konnte sich kaum vorstellen wie ihr Vater diesen Schock verdauen sollte.

»Aber ich soll auch gehen. Weil ich ihm so einen Schmutz ins Nest gesetzt habe.« Die alte Frau putzte sich die Nase geräuschvoll in ein Taschentuch. In diesem Augenblick flog die Küchentüre auf und ihr Vater stand drohend im Türrahmen: »Bist Du immer noch da? Verschwinde aus meinen Augen und nimm Deine missratene Tochter gleich mit!« Wütend deutete er mit dem Finger auf Oxana, die erschrocken zurückwich. Trotzdem hielt sie seinem Blick stand. »Was hab ich mit Felipe zu tun?« fragte sie ihn wütend.

»Alles die gleiche nichtsnutzige Bande! Geht mir aus den Augen!« Mit hochrotem Gesicht sah er seine Tochter an. Bisher war Oxana einer Konfrontation mit ihrem alten Herrn immer aus dem Weg gegangen weil sie wusste, dass er zu sachlichen Diskussionen nicht in der Lage war. Er war aufbrausend und steigerte sich mit zunehmenden Argumenten in einen Wutrausch. Außerdem hatte er immer Recht. Wenn der Himmel grün war, war der Himmel grün wenn Senor Gonzalo Rodriguez es so beschloss.

Heute jedoch war Oxana nicht bereit, ihm seinen Willen zu lassen. Dieses Mal war ihre Mutter ebenfalls davon betroffen. »Warum gehst Du dich nicht betrinken? Nur damit du dich nicht mit einer Gesellschaft herumschlagen musst, in der Schwule und Lesben von allen toleriert werden nur von dir nicht!« Zornig sah sie ihren Vater an dessen Gesichtsfarbe noch eine tiefere Rotfärbung angenommen hatte. »Was wagst Du es so mit mir zu sprechen? Raus!« Damit trat er einen Schritt zurück, damit sie an ihm vorbei gehen sollte um das Haus zu verlassen.

»Ich warte bis Mama ein paar Sachen gepackt hat und dann sind wir weg.« Mittlerweile hatte sie den Ton wieder gesenkt und schob ihre Mutter an dem alten Mann vorbei in Richtung Schlafzimmer. Ihre Mutter wehrte sich. »Ich geh hier nicht weg. Ich geh nicht …« Lautlos liefen ihre Tränen.

»Mama, ich kann dich nicht hierlassen. Er dreht durch. Merkst Du das nicht?« Flehend sah sie ihre Mutter an. Im Grunde wusste sie im Moment auch nicht weiter. Sollte sie ihre Mutter mit in ihr Appartement nehmen? Wo sie schon selbst kaum Platz hatte? Aber sie bei diesem Tyrannen zurück zu lassen erschien ihr im Augenblick zu riskant. Der Vater hatte sie und ihren Bruder zwar nie geschlagen aber heute spürte sie eine Wut in ihm, die ihr unheimlich war. Trotzdem war die Mutter nicht bereit mit ihr zu gehen. Sie schob ihre Tochter zur Wohnungstüre und umarmte sie. »Kind, geh nach Hause. Der beruhigt sich wieder. Wenn er anfängt zu trinken, schläft er sowieso bald ein und morgen geht er wieder zur Arbeit. Dann wird er abends zu müde sein um zu Streiten.« Oxana war nicht einverstanden, kam aber nicht gegen ihre Mutter an. Plötzlich stand sie im Treppenhaus und sah wie sich die Wohnungstüre ihres Elternhauses schloss. Draußen auf der Straße versuchte sie ihren Bruder auf dem Handy zu erreichen. Leider ohne Erfolg, sie konnte ihm lediglich eine Nachricht auf der Mailbox hinterlassen.

Gemeinsam trugen Ben und Oxana die Einkäufe aus dem Wagen ins Haus. Sie waren spontan zusammen in den *Mercat Central*, eine der größten Markthallen Europas, gefahren. Nachdem sie nun bereits mehrmals zusammen zum Essen ausgegangen waren, kamen sie auf die Idee, gemeinsam zu kochen. Oxana war überrascht, dass Ben, der großen Wert auf vernünftige und gesunde Ernährung achtete, noch nie an diesem wunderbaren Ort mitten in Valencia eingekauft hatte. Auf der beinahe achttausend Quadratmeter großen Verkaufsfläche war das Angebot an Obst und Gemüse und vor allem frischem Fisch und Meeresfrüchten überwältigend. Dementsprechend waren auch die Taschen, die sich im Auto stapelten.

Ben war noch nicht ganz in die Garage gefahren damit

Oxana besser aussteigen konnte. In der Garage ging es ziemlich eng zu und er hatte auch Angst die Autotüren beim Öffnen an den Wänden anzuschlagen. Er klemmte sich den Haustürschlüssel zwischen die Zähne und nahm so viele Tüten wie möglich auf einmal aus dem Kofferraum. Oxana kam um das Auto und hatte ebenfalls die Hände voll. Trotzdem nahm sie ihm den Schlüssel aus dem Mund und schloss die Haustüre auf. Sie war erst einmal hier gewesen als Ben sich umziehen wollte bevor sie zusammen ins Kino gegangen waren.

Irritiert bemerkten sie, dass im Haus leise Musik lief. Oxana drehte sich um und erkannte, dass Ben ebenso besorgt aussah. Leise sagte er: »Warte, ich geh vor …« Sie stellten beide die Einkäufe ab und versuchten herauszufinden, woher das Geräusch kam. Oxana lief auf Ben auf der wie erstarrt in der Schlafzimmertüre stehen blieb. »Wie bist du hier reingekommen?« Seine Stimme war kalt, eiskalt.

»Benny! Begrüßt man so eine alte Freundin? Ich musste dich einfach wieder sehen.«

Oxana spähte über seine Schulter und sah sich einer bizarren Szenerie ausgesetzt. Mitten in seinem Bett saß im Schneidersitz eine nackte Blondine. Nein, ganz nackt war sie nicht. Sie trug eine goldene Halskette.

»Wie zum Teufel bist Du hier reingekommen? Nein, falsche Frage: warum zum Teufel bist Du hier rein gekommen?«

Die Frau antwortete nicht sondern schürzte die Lippen während sie die Augen halb schloss und ihre Finger über ihren Bauch weiter nach unten gleiten ließ.

»Was ist das? Eine Erscheinung?« Oxana versuchte diese absurde Situation ins Lächerliche zu ziehen. Trotz dass ihr das Herz bis an den Hals schlug. Sie hatte nicht einmal annähernd eine Ahnung was hier vor sich ging.

Ben zog die Bettdecke unter der Frau hervor und warf sie ihr zu.

»Zieh Dich an. Und um Gottes Willen sag mir was das hier zu bedeuten hat oder verschwinde. Oder besser noch: beides.« Dann zog er Oxana am Arm aus dem Zimmer.

In der Küche blieb er stehen und drehte sich um: »Es tut mir leid. Ich hab keine Ahnung wie sie hier her, geschweige denn herein gekommen ist.« Er rieb sich die Schläfe.

»Wer ist das?« Oxana war wütend und verwirrt aber sie spürte, dass Ben ebenso durcheinander war wie sie.

»Das ist Janine. Meine Ex-Freundin. Wir haben uns getrennt. Nach vier Jahren. Lange bevor ich nach Valencia kam. Ich habe bis gerade eben nichts mehr von ihr gehört. Ich habe zwar eine leise Ahnung wie sie hier reingekommen ist aber ich verstehe nicht warum.«

»Mikki?«

»Vermutlich. Aber ich verstehe es nicht. Er weiß eigentlich, dass ich mit ihr fertig bin.«

Oxana verkniff sich einen Kommentar, weil sie wusste, dass er auf Mikki nichts kommen ließ. Er war quasi unantastbar. Dementsprechend seufzte sie nur. Auf jeden Fall war ihr jetzt klar, warum sich Ben nicht näher für sie interessierte. Diese Person war das krasse Gegenteil von ihr. Sie war ein Püppchen. Aber in ihren Augen kein hübsches. Sie war zwar klein und zierlich, hatte aber eng beieinander stehende Augen, die Oxana stechend taxierten. Ihr halblanges Haar dessen Farbe sich irgendwo zwischen blond und aschgrau definieren ließ und der schmallippige Mund verliehen ihr ein verkniffenes Aussehen. Ihre ganze Erscheinung war so blass wie der Nebel im Januar. Sie musste ein extrem liebenswertes Wesen sein. Oder andere Qualitäten haben. Anders ließ es sich nicht erklären, dass Ben offensichtlich eine Zeit lang sein Leben mit ihr geteilt hatte.

In diesem Augenblick kam die Frau in Bens dunkelbraunen Frottee-Bademantel aus dem hinteren Bereich der Wohnung. Sie zeigte mit dem Finger auf Oxana: »Nur zu deiner Information: wir haben uns nie getrennt. Das kläre ich jetzt. Ben?« Auffordernd sah sie ihn an. Der zog verächtlich die Mundwinkel nach unten: »Also wenn Du glaubst, dass ich einfach so darüber hinweg sehe, dass Du monatelang mit einem Mannschaftskollegen Tag und Nacht ellenlange SMS austauschst, ihn im Hotel getroffen und dann mit ihm in den Urlaub gefahren bist, hast du eine ganz falsche Vorstellung von meiner Toleranzgrenze gehabt. Mach die Augen auf: Du hast es in den Sand gesetzt! Da gibt es nichts zu klären. Und jetzt zieh meinen Bademantel aus und mach diesem Zauber ein Ende!«

In diesem Augenblick kam Mikki völlig verschlafen die Treppe herunter. Seine Haare standen in alle Berge, seine Augenhöhlen machten den olympischen Ringen alle Ehre. Nach seinem Krankenhaus-Aufenthalt sah er noch feingliedriger und blasser aus als zuvor. Als er Janine im Flur stehen sah legte er den Arm um ihre Schultern und wollte sie Richtung Wohnzimmer ziehen. Ben ballte die Fäuste. »Sie wollte gerade gehen«, fauchte er. So aufgebracht hatte Oxana ihn noch nie gesehen. Er war geladen bis in die Haarspitzen und es war interessant, Zeuge dessen zu sein, was hier jetzt gleich passierte. Doch Ben schnaubte verächtlich, drehte sich um und wandte sich Oxana zu. Mit hartem Griff am Oberarm zog er sie in die Küche.

Wortlos packten sie zusammen die Einkaufstüten aus als die Frau, mittlerweile angezogen, vom Flur aus rief: »Rufst Du mir wenigstens ein Taxi?« Als Ben seufzend auf sie zuging und zum Telefon griff nahm sie es ihm aus der Hand und umschlang mit beiden Händen seinen Arm. Bettelnd flüsterte sie: »Ich hab Dich so vermisst, lass uns reden …«. Als er sie wortlos abschüttelte ließ sie ihn wissen, dass sie überhaupt kein Taxi benötigte. Ihr Mietwagen stand vor der Tür.

Ben ließ die Schultern hängen als er in die Küche zurückkam. »Ich bin nicht der Typ für Beziehungen. Ich hab kein Glück damit. Ich werde immer nur belogen.« Mit einem Blick zu Mikki, der eben die Haustüre hinter Janine geschlossen hatte, seufzte er: »Und dann fällt er mir auch noch in den Rücken.«

»Zum Glück sind wir nur Kumpels« antwortete Oxana und zuckte mit der Schulter. Als Ben ihr nicht antwortete wusste sie, dass das Thema für ihn erledigt war. Es stand ihr nicht zu, eine Antwort zu erwarten. Trotzdem ging ihr die Frau nicht mehr aus dem Kopf.

Beim Auswärtsspiel in Sevilla regnete es in Strömen. Mats beobachtete seine Spieler, die sich mit seinem Assistenztrainer warm machten. Er war nervös. Wenn sie hier Punkte liegen lassen würden, wäre die Meisterschaft, die zum Greifen nah war, ein für allemal gestorben. Sein Augenmerk galt seinem Torhüter Ben, der mehr oder weniger lustlos die Bälle, die der Torwart-Trainer auf sein Tor trat, zurück warf. Bereits seit einiger Zeit hatte er das Gefühl, dass sich sein Torspieler mehr und mehr zurückzog und sich mit anderen Dingen beschäftigte.

Als das Spiel angepfiffen wurde, war der Platz ein Desaster. Tiefer Rasen und zum Teil stehendes Wasser machten einen normalen Verlauf der Partie unmöglich. Jeder Pass, der nicht genau auf den Mann kam, blieb in einer Pfütze liegen. Das Auf und Ab auf dem schlecht bespielbaren Platz kostete unglaublich viel Kraft und die Spieler hatten bereits nach der ersten Halbzeit, die null zu null endete, schwere Beine.

Im zweiten Durchgang versuchte der RCD Valencia sofort Druck auf den Gegner auszuüben und setzte sich in deren Hälfte fest. Dadurch ergab sich aber plötzlich die Chance auf einen Konter des Außenstürmers von Sevilla, der wie aus dem Nichts alleine an der Seitenlinie an den Ball kam und beinahe von der Mittellinie aus ohne Gegenwehr auf Ben zulief. Von der Strafraumgrenze wandte sich der Stürmer direkt auf den Torhüter zu, der mit seinem Körper den Raum verkleinern wollte. Der Spieler täuschte einen Schuss nach links an, legte sich aber den Ball nach rechts. Ben reagierte auf die Körpertäuschung und versuchte in die richtige Laufrichtung zu kommen. Dabei rutschte er jedoch aus und fiel in den Matsch. Der Spieler von Sevilla konnte quasi gemütlich den Ball zum eins zu null ins Tor schieben. An einem guten Tag hätte Ben dieses Manöver besser beherrscht und den Ball gehalten. Das Heimpublikum tobte.

Bissig versuchte Valencia den Treffer auszugleichen und lief immer wieder Sturm auf das gegnerische Tor. Doch dann passierte die Parallele zum ersten Tor. Der Stürmer stand an der Mittellinie und wartete leicht abseits verdächtig auf einen Pass seiner Mitspieler. Als dieser kam und die Fahne des Linienrichters unten blieb, spurtete er über den halben Platz. Aus den Augenwinkeln sah er seinen Mannschaftskollegen links neben ihm auftauchen. Gekonnt spielten sie zusammen den Torhüter aus und sein Mitspieler schob den Ball ins Tor.

Ben kniete ein weiteres Mal geschlagen im Dreck. Seine Mitspieler standen mit hängenden Köpfen auf dem Platz. Ihnen war klar, dass sie, wenn sie hier als Verlierer vom Platz gingen, den ersten Tabellenplatz abgaben und somit aus dem Meisterschaftsrennen raus waren. Der Torhüter wagte nicht zum Trainer an die Seitenlinie zu schauen. Er konnte nur hören wie Mats brüllte, verstand aber kein Wort. Es war ihm auch egal.

Nach dem zweiten Tor schien der Gegner in Fahrt zu kommen und spielte offensiver als zuvor. Bestärkt durch diesen zwei zu null Vorsprung wagten sie es nun, das Spiel in die Hand zu nehmen. Augenscheinlich schienen sie auch besser mit dem schlechten Zustand des Rasens zurechtzukommen. Immer wieder tauchten sie gefährlich vor dem Tor des RCD Valencia auf. Alvarez, der Innenverteidiger, hatte eine Menge zu tun, zusammen mit seinen Mannschaftskollegen die Angriffe der gegnerischen Stürmer abzuwehren. Durch das vehemente Anstürmen der Spieler von Sevilla war es Nicki Tallin und Marc Fletcher, den beiden Top-Stürmern des RCD Valencia, kaum möglich, sich Chancen für einen erfolgreichen Angriff zu erarbeiten. Im Gegenteil, immer wieder wurde ein Aufbauspiel ihrer Mannschaft unterbunden und der Gegner lief zum wiederholten Mal alleine auf Ben Bühler zu. Dieses Mal jedoch schoss dieser aus seinem Kasten, machte den Körper breit indem er die Arme weit ausstreckte als der Spieler auf ihn zulief. Der Gegner konnte oder wollte nicht mehr ausweichen und rannte im Strafraum direkt in Ben hinein. Dabei taumelte er nach links über dessen ausgestrecktes Bein und fiel auf den nassen Rasen. Das Publikum sprang empört und wild gestikulierend auf. Der Schiedsrichter hob die Hand und pfiff schrill. Dann deutete er auf den Elfmeterpunkt. Die Zuschauer schrien auf und applaudierten. Die eigentliche Spielzeit war bereits seit zwei Minuten vorbei. Ben fasste sich mit beiden Händen an den Kopf. Wütend rannte er auf den Schiedsrichter zu der bereits von seinen Mitspielern eingekreist war. Alvarez als Kapitän hatte als einziger Spieler die Befugnis, mit dem Schiedsrichter zu sprechen. Dies versuchte er zum einem und zum anderen bemühte er sich redlich, die Spieler seiner Mannschaft im Zaum zu halten, die dem Unparteiischen vermeintlich an den Kragen wollten. Der Mann in schwarz deutete energisch an, dass man Abstand zu ihm zu halten habe und seine Entscheidung endgültig sei. Einige Spieler des FC Sevilla versuchten die gegnerischen Mannschaftskollegen vom Schiedsrichter wegzuzerren damit sie den Strafstoß ausführen konnten. Ben hatte sich überhaupt nicht mehr unter Kontrolle. Er warf dem Referee alle möglichen Schimpfworte an den Kopf bis ihn ein Mitspieler endlich fortriss.

»Geh in Deine Box!«, brüllte Pablo ihn mit funkelnden Augen an. Ben registrierte überhaupt nicht, was zu ihm gesagt wurde. Er bemerkte lediglich, dass er vom Ort der Rudelbildung weggeschoben wurde und ihn eine Hand in seinem Rücken in Richtung seines Gehäuses dirigierte. Irgendwann stand er dann zwischen den Pfosten und versuchte seinem Gegenüber in die Augen zu sehen. Aber er sah ihn nicht wirklich. Sein Puls raste. Er versuchte sich zu konzentrieren, als ihm der Gedanke, dass sowieso alles egal sei, in den Sinn kam und er eine unendliche Leere fühlte. Daher reagierte er auch kaum als der Ball auf ihn zuflog. Auf Verdacht warf er sich in irgendeine Ecke, natürlich die falsche, und blieb dann einfach liegen. Durch das Rauschen des Blutes in seinen Ohren bekam er mit, dass der Schiedsrichter das Spiel abpfiff. Tosender Jubel brach auf der Tribüne aus. Sevilla hatte sich mit diesem Spiel und vermutlich durch seine tatkräftige Mithilfe vor dem Abstieg gerettet.

Alvarez galt von Haus aus als ein friedliebender Mensch. Er war stets die Umsicht in Person. Nicht umsonst wurde er seit drei Jahren immer wieder zum unumstrittenen

Kapitän der Mannschaft gewählt. Sicher schüttete er das eine oder andere Mal eine große Portion Testosteron aus wenn ein Spiel extrem emotional war. Im Grunde erwartete man dies von einem Innenverteidiger sogar. Aber wirklich nur dann. Als er aber jetzt mit einer wilden Grimasse im Gesicht auf Ben zustürmte, konnte das nichts Gutes verheißen. Wild packte er seinen Torhüter am Trikot.

Die ganze Energie und Aggressivität der verpassten Meisterschaft entlud sich in ihm.

Bereits vor seiner Attacke auf Ben gab es diese Gesten des Missfallens wie abfällige Handbewegungen oder wütende Luftsprünge einiger Spieler gegenüber ihren Mitspielern. Dies spiegelte die Stimmung innerhalb der Mannschaft wieder. Sie schien zerrissen und nicht mehr homogen. Marc Fletcher, der junge Stürmer, saß auf dem Rasen und vergoss bittere Tränen. Da half es auch nicht, dass ihm sein Gegenspieler aufmunternd auf die Schulter klopfte.

Auf der anschließenden Pressekonferenz versuchte der Trainer die Situation zu entkrampfen: »Es ist unheimlich wichtig, dass wir gerade jetzt als Mannschaft zusammenhalten. Nicht aufgeben sondern uns gegenseitig unterstützen. Uns aufrichten. Die Ärmel hochkrempeln.« Auf das Spiel bezogen erklärte er den ihm gegenüber sitzenden Journalisten: »Gerade wenn man gegen so defensive Gegner spielt, ist es wichtig, schnell das erste Tor zu machen. Dies ist nicht geschehen. Wir haben drei-, viermal vorbei geschossen und sind dann nervös geworden. Das darf nicht passieren.« Auf die Frage nach dem furiosen Start in die Saison und dann der abfallenden Leistung gab er nur zögernd Antwort: »Natürlich weiß ich, dass Sie das nicht hören wollen, aber wir haben eine sehr lange Saison gespielt, wir haben im nationalen Pokal gespielt, haben in der Champions-League bis zum Halbfinale eine sehr gute Leistung gezeigt und die Liga hat uns viel abverlangt. Manche Mannschaften hatten mitten in der Saison einen Durchhänger, quälen sich durch die Vorrunde und kommen dann in die Gänge. Bei uns ist es genau umgekehrt. Wir schwächeln jetzt und ich weiß, ja, wir alle wissen, dass wir uns dies nicht erlauben können. Wir werden noch einmal sehr hart arbeiten um auch im letzten Spiel so erfolgreich wie möglich abzuschneiden. Das kann ich Ihnen versichern!« Die Reporter tippten eifrig in ihre Laptops und Smart-Phones und dann kam die Frage, auf die Mats schon die ganze Zeit gewartet hatte: »Mats, können Sie sich vorstellen, nach dieser Vorstellung die Runde mit Ben Bühler zu beenden?« Der angesprochene Trainer bemühte sich um eine gelassene Antwort in dem er tief durchatmete: »Natürlich werden wir wie alle Spiele auch das letzte mit Ben bestreiten. Er ist unsere und vor allem meine Nummer eins. Es ist ein Klischee zu sagen, wir gewinnen als Team und wir verlieren als Team. Aber ohne Ben würden wir nicht an der Tabellenspitze stehen. Sicher hat er in den letzten beiden Spielen nicht gut ausgesehen aber er hat uns in vielen Spielen, entschuldigen Sie bitte die Wortwahl, den Arsch gerettet. Er kann so viele Bälle halten wie er will. Wenn wir vorne keine Tore machen, hilft uns ein null zu null auch nicht weiter.« Er machte eine kleine Pause. Als er jedoch weitersprechen wollte, kam ihm Franco Ramses, der Sportdirektor, zuvor: »Die Diskussion um Ben ist hiermit beendet. Ben Bühler genießt das volle Vertrauen des gesamten Vereins. Wir stehen derzeit in Verhandlung mit ihm und seinem Berater, da wir an einer vorzeitigen Vertragsverlängerung interessiert sind.« Diese Aussage rief ein Murmeln unter den anwesenden Damen und Herren der verschiedenen Sportjournale hervor und nachdem alle wieder in ihre elektronischen Geräte tippten, beendete der Pressesprecher des gastgebenden Vereins die Pressekonferenz.

Mats durchschritt die Katakomben des Stadions. In Gedanken versunken spielte er die einzelnen Szenarien des kommenden Wochenendes durch. Es gab durch die Ergebnisse der anderen Spiele nun doch noch eine Minimalchance auf den Titel. Nur mussten seine Spieler das letzte Saisonspiel mit mindestens drei Toren Unterschied gewinnen, vorausgesetzt die Mannschaft aus San Sebastian schoss kein Tor. Sollte dies der Fall sein musste Valencia jeweils ein weiteres Tor schießen und möglichst keines kassieren. Rein rechnerisch war alles noch möglich aber Mats waren klare Tatsachen einfach lieber. Er seufzte. Sie waren so nahe am Ziel gewesen.

Ben beendete das anstrengende Training und eilte in die Katakomben zu den Umkleideräumen. Es war ziemlich warm heute und er wollte direkt nach dem Duschen an den Strand fahren. Oxana hatte heute frei und er freute sich, sie zu treffen. Als ihn ein Reporter direkt an der Türe der Kabine abfing und ihn um ein Interview bat, war er zuerst versucht, sich zu drücken. Aber dann entschied er sich, seinem Naturell entsprechend höflich zu bleiben und beantwortete geduldig die Fragen seines Gegenübers. Kaum dass dieser seine Utensilien eingepackt hatte, sprintete er zu seinem Wagen.

Am Strand entdeckte er sofort Oxanas Tasche, die mitten auf ihrem Handtuch stand, damit es nicht von dem leichten Wind weggeweht wurde. Von ihr selbst keine Spur. Ben lief ans Wasser wo ein paar Jugendliche mit einem Schlauchboot hantierten und sah zum Horizont. Ganz weit draußen glaubte er ihren Schnorchel zu auszumachen. Kopfschüttelnd lief er zurück zu ihren Badesachen und legte sein Handtuch dazu. Carlos Strandbar war um diese Zeit beinahe leer und der Chef selbst saß in einem Liegestuhl im Sand. Als Ben ihn mit einem Handschlag begrüßte, deutete Carlos mit der anderen Hand aufs Meer. »Heute siehst Du vielleicht besser mal nach ihr. Sie schwimmt schon seit über einer Stunde wie ein Tiger im Käfig auf und ab.« Sofort drehte sich Ben um. »Hm. Aber sie schwimmt noch? Kritisch wird's erst wenn sie nicht mehr schwimmt. Oder?« Carlos lachte: »Ok. Trinken wir einen Espresso. Aber wenn sie dann nicht rauskommt, unternehmen wir was.« Damit war Ben mehr als einverstanden. Trotzdem beobachtete er das Meer während er neben Carlos im Liegestuhl saß und seinen Kaffee trank. Irgendwann klingelte das Handy des Strandbar-Besitzers und er verschwand mit dem Telefon am Ohr in der Küche. Nach einer Weile hatte Ben das Gefühl, dass Carlos nicht wiederkam. Also bezahlte er seinen Espresso bei der Servicekraft, die hinter der Theke lehnte und ein Kreuzworträtsel löste.

Während er auf dem warmen Sand stand und versuchte, weit draußen auf dem Wasser den Schnorchel ausfindig zu machen, erfüllte ihn ein Gefühl der Zufriedenheit. Wie privilegiert war sein Leben doch: mitten am Nachmittag, an einem Montag, konnte er sich an den Strand legen und aufs Meer hinaus nach der Frau Ausschau halten, die ihm einiges bedeutete. Obwohl ihm in diesem Augenblick erst so richtig bewusst wurde, dass ihm Oxana wichtig war, nicht nur als Kumpel, wie er sich bisher immer eingeredet hatte. Meistens waren sie miteinander ausgegangen weil es den Anschein hatte, dass sie beide nichts Besseres zu tun hatten. Aber in diesem Moment spürte er, dass sie beide mehr verband, als er sich bisher zugestehen wollte. Und obwohl er dieses Gefühl nicht zulassen wollte, verursachte es ihm einen wohligen Schauer. Er hat vor knapp eineinhalb Jahren eine längere Beziehung beendet nach dem er von seiner Partnerin übel hintergangen wurde. Danach hatte er sich auf keine langfristige Beziehung mehr eingelassen. Sicher, er hatte sich nicht wie ein Mönch zurückgezogen und die eine oder andere wilde Nacht gehabt. Aber er ließ keine Nähe mehr zu. Das Oxana ihm im Kopf herumspukte fiel ihm heute zum ersten Mal auf.

Während er diesen überraschenden Gedanken nachhing, sah er sie landeinwärts schwimmen. Er ging ans Wasser um ihr zuzuwinken als sie auftauchte.

Oxana prustete das Wasser durch das Mundstück ihrer Tauchermaske das in einer Fontäne aus dem Schnorchel schoss. »Komm rein, das Wasser ist toll heute!« Sie strahlte.

»Ist Dir nicht kalt? Wie lange bist Du schon drin?«

Die Wasseroberfläche reichte ihr bis zu den Schultern und sie spritzte mit den Armen wild um sich. »Mir ist nicht kalt. Komm doch!«

Ben winkte ab. Er stand bis zu den Knöcheln im Wasser. »Ich bleib lieber hier.«

»Was ist? Kannst Du nicht schwimmen? Sie sah ihn herausfordernd an.

»Natürlich kann ich schwimmen!« Empört ging er ihr einen Schritt entgegen. Da blieb sie stehen und stützte die Hände in die Hüfte. »Beweis es! Schwimm hier her.« Sie lockte ihn mit dem Zeigefinger.

»Ich muss gar nichts beweisen. Komm Du raus, deine Lippen sind schon ganz blau.«

Oxana blieb stehen wo sie war und sah ihn ungläubig an: »Nicht Dein Ernst? Du kannst nicht schwimmen?«

Ben bemerkte, dass die Jungs, die mit dem Schlauchboot zugange waren, neugierig zu ihnen herüber sahen. Er wusste nicht, ob sie ihn erkannt hatten, aber er musste auch als Nobody etwas für seine Ehre tun. »Ich kann sehr wohl schwimmen. Aber stell dir vor, ich trete hier in einen Seeigel und mir passt zwei Wochen lang kein Schuh! Das ist berufsschädigend.«

Oxana bog den Rücken durch als sie schallend auflachte. »Ich fass es nicht …«

Jetzt wurde es Ben zu bunt. Er stapfte durch die leichten Wellen auf sie zu und packte sie am Arm. »Schluss jetzt mit dem Unsinn. Komm raus!« Damit zog er die kichernde Oxana hinter sich aus dem Wasser. Sie hatte keine Ahnung was für eine Überwindung ihn das kostete. »Du machst mich vor den Kids hier zum Affen!«

Oxana wollte nicht aufhören zu lachen und wand sich um ihm zu entkommen. Sie befanden sich bereits in Strandnähe im knietiefen Wasser als eine größere Welle sie beide umriss. »Uaah.« Ben ruderte mit den Armen bevor er im Wasser versank. Wasser spuckend setzte er sich auf und schüttelte den Kopf. Plötzlich umfasste ihn Oxana von hinten und zerrte an ihm. »Halt dich fest, ich rette dich!«

Ben lachte vor sich hin, verschränkte die Arme vor der Brust und ließ sie machen. Oxana ächzte und schnaufte als sie ihn aus der Hocke heraus versuchte an Land zu ziehen. Irgendwann bemerkte sie ihren Irrtum und ließ ihn los: »Das Wasser ist hier nur knapp einen Meter tief, also steh auf.« Sie selbst erhob sich. Das Wasser reichte ihr bis zu der Hüfte. Ben stand ebenfalls auf ohne mit den Händen den Boden zu berühren. Er grinste von einem Ohr zum anderen. »Gottseidank war das kein Ernstfall. Dein Rettungsversuch war nämlich erbärmlich.«

Während sie aus dem Wasser gingen drehte Oxana ihre Haare zu Zöpfen zusammen damit das Wasser aus ihren Haaren lief. »Ich kann nicht glauben, dass Du nicht schwimmen kannst!«

Abrupt blieb Ben stehen und drehte sich um: »Bist Du wohl still jetzt!« Aus den Augenwinkeln bemerkte er wie die Jungs um ihr Schlauchboot standen und sie immer noch aufmerksam beobachteten. »Natürlich kann ich schwimmen. Ich bin der große Hexer. Ich hab ne Menge Kohle und wenn ich nicht schwimmen könnte, hätte ich schon längst jemanden bezahlt, damit er es mir beigebracht hätte. Ich hab nur keine Lust in einen Seeigel oder sonst was zu treten und deshalb nicht spielen zu können!«

»Natüüürlich.« Oxana zog das Wort in die Länge und zwinkerte den drei Jugendlichen zu. »Der große Hexer. Schwimmen ist ein brandgefährlicher Sport. Manchmal ist der Strand hier sogar wegen erhöhtem Seeigel-Vorkommen geschlossen.« Sie nickte mit dem Kopf um ihre eigene Aussage zu unterstreichen. Die Jungen mit dem Schlauchboot grölten. Da packte Ben Oxana an der Taille, warf sie sich über die Schulter und trug sie wie einen Sack Kartoffeln fort. Sie schlug um sich aber er ließ nicht locker. Auf dem Handtuch setzte er sie ab.

»Muss man Dich jetzt schon mit Gewalt aus dem Wasser holen?« Carlos stand kopfschüttelnd mitten in seiner Bar. Oxana lachte, gab aber sonst keine Antwort. Ben zog sie an den Händen hoch: »Komm, lass uns was trinken. Ich geb' einen aus.«

»Das ist ja wohl das Mindeste,« brummte sie, freute sich aber insgeheim darüber, dass er sie ohne es zu wissen von ihren Sorgen um ihre Mutter abgelenkt hatte.

Sie bestellten beide einen Café con leche, einen Milchkaffee, und setzten sich in zwei Strandstühle, die zur Bar gehörten. Oxana verschränkte die Beine, hielt die Tasse vor sich und sah schweigend aufs Meer. Langsam kam Leben an den Strand. Immer mehr Mütter mit kleinen Kindern breiteten ihre Handtücher und Spielsachen aus. Und auch die Zahl der Jugendlichen nahm zu. Anscheinend war die Schule schon aus. Oxana betrachtete das Treiben und hing ihren Gedanken nach. Beinahe wären ihr die Augen zugefallen und sie hätte Ben völlig vergessen. Wenn er sie nicht genau in diesem Augenblick mit dem Fuß angestoßen hätte.

»An was denkst Du?« wollte er wissen.

»An nichts« antwortete sie schläfrig.

»Kein Mensch denkt an nicht nichts. Der Mensch denkt immer. Das liegt in seinen Genen. Die Menschheit kann gar nicht aufhören, sich Gedanken zu machen.« Damit ließ er es aber bewenden und bohrte nicht weiter nach. Und sie war ihm dankbar dafür. Sie wollte nicht diese besondere Stimmung zwischen ihnen kaputt machen, indem sie von ihren Problemen erzählte und stieß einen Seufzer aus.

»Wusste ich es doch« murmelte Ben, verschränkte die Arme hinter dem Kopf, schloss die Augen und wartete.

Und so erzählte sie ihm dann doch vom Besuch bei ihrer Mutter. Er hörte ihr zu ohne sie zu unterbrechen. Als sie ihre Geschichte beendet hatte wusste er im ersten Moment auch keinen Ausweg. Er schlug ihr vor, ihre Mutter vorerst in einem Hotel unterzubringen, wenn ihr ihre Wohnung zu klein erschien. Und er bot ihr seine finanzielle Unterstützung an, die sie allerdings ausschlug.

»Ich versuche seit gestern meinen Bruder zu erreichen. Für seine sexuelle Neigung kann er nichts und sie stört mich auch nicht. Im Gegenteil, er hat es verdient, glücklich zu sein. Aber er kann sich jetzt hier nicht aus der Verantwortung nehmen, wenn es darum geht, sich um unsere Mutter zu kümmern.« Oxana starrte ausdruckslos zum Horizont. Ben legte ihr seine Hand auf den Arm. »Wenn ich dir helfen kann, lass es mich wissen.« Dankbar lächelte sie ihn an und lehnte sich in ihrer Liege zurück.

Später versuchte Oxana Ben zu überreden, mit ihm ins Wasser zu gehen. Nachdem aber der leichte Wind vom Vormittag zugenommen hatte lehnte er ab.

»Wenn du wirklich schwimmen kannst, warum gehst Du dann nicht ins Wasser? Wir waren noch nie zusammen baden!« Sie war immer noch skeptisch ob er nicht doch Nichtschwimmer war. Aber das konnte eigentlich nicht sein. Er war ein Athlet durch und durch. Heute hatte man ja bereits Schwimmunterricht in der Schule. Daher war es für sie kaum vorstellbar war, dass es tatsächlich Erwachsene gab, die nicht schwimmen konnten. Aber man hörte immer wieder von tödlichen Badeunfällen. Oxana konnte überhaupt nicht verstehen, wie man am Meer lebte und nicht so wie sie selbst verrückt nach dem Wasser war. Ben zuckte lediglich mit den Schultern. Aber Oxana gab noch nicht auf. »Wenn Du nicht mitkommst glaub ich Dir auch nicht, dass Du schwimmen kannst!« Provozierend die Hände in die Hüfte gestemmt stellte sie sich vor seine Liege.

»Glaub ruhig was du willst. Ich kann damit leben.« Ben schien sich durch nichts aus der Ruhe bringen zu lassen.

Merkte er nicht, dass er sie ärgerte, indem er nicht mit der Sprache rausrückte? Dementsprechend enttäuscht drehte Oxana sich um, griff nach ihrer Taucherbrille und den Flossen. Ihre Miene war ausdruckslos als sie sich auf den Weg ans Wasser machte. Kurz drehte sie sich noch einmal zu Ben um und sagte: »Warte nicht auf mich.« Dann zog sie die Flossen an und tauchte in die Wellen.

Ben sah ihr eine Weile nachdenklich nach. Irgendwann brachte er die schmutzigen Tassen zurück an die Theke und bestellte sich noch einen Cortado, einen Espresso mit Milch. Als bereits über eine Stunde vergangen war, in der er Oxanas Schnorchel hin und wieder weit draußen auf- und abtauchen sah, bezahlte er die Getränke die sie zusammen hatten, packte sein Handtuch in den Rucksack und verließ den Strand.

Oxana schwamm landeinwärts und schob die Taucherbrille auf die Stirn. Während sie sich aufrichtete, heftete sie ihren Blick auf den Strand und musste mitansehen, wie Ben ohne sich umzudrehen in Richtung Parkplatz ging. Was für ein bescheidener Montag nach dem beschissenen Sonntag! Langsam paddelte sie mit den Füßen und schwamm gemächlich bis sie ins flache Wasser kam und stehen konnte. Vielleicht hätte sie ihn einmal fragen sollen, wie es ihm ging. Sie war so mit ihrer Mutter beschäftigt gewesen, dass es ihr nicht in den Sinn gekommen war, ihn nach seinem Gemütszustand zu fragen, nachdem er mit seiner Mannschaft vor kurzem aus der Champions League ausgeschieden war und aufgrund seiner Leistung am Wochenende von der Presse ziemlich angegangen wurde.

Ben trainierte die ganze Woche hart und ging ein zwei Mal mit Mannschaftskollegen zum Abendessen. Oder aber er traf sich abends mit Mikki und dessen trinkfesten Freunden auf ein Bier in einem der zahlreichen Straßencafés. Meist trank er nur ein Glas und blieb auch nicht lange. Irgendwie hatte er auf ausgiebige Barbesuche im Moment keine Lust. Außerdem störte ihn auf einmal Mikkis Lebenswandel. Es war ihm bisher egal gewesen, dass sein Kumpel den lieben langen Tag verschlief und sich ab dem Nachmittag durch sämtliche Bars soff. Bei passender Gelegenheit würde er ihn darauf ansprechen nahm er sich vor. Aber nicht heute. Er legte ihm fünfzig Euro hin und verschwand nach Hause. Auf einen fragenden Blick gab er keinen Kommentar ab. Als Mikki ihm hinterher brummte: »Hast wohl was Besseres vor?« gab er vor, ihn nicht gehört zu haben. Dann überlegte er es sich anders und ging zurück zum Tisch.

»Nein. Ich hab noch nichts vor. Es sei denn, Du hast mir wieder eigenmächtig jemanden in mein Bett bestellt?« Mit glühenden Augen sah er Mikki an. Als dieser ihn vor Verlegenheit nicht ansehen konnte, wandte er sich zufrieden ab und lief davon. Er sollte ruhig spüren, dass der Wind sich drehte und Ben es satt hatte, sich ständig seine Marotten gefallen zu lassen. Auf dem Weg nach Hause dachte er darüber nach einen Umweg über Carlos Strandbar zu machen, ließ es aber dann.

Mats beendete das zweite Training für diesen Tag etwas früher als sonst. Er wollte für das letzte Spiel dieser Saison noch einige Worte an sein Team richten. Doch zuvor musste er mit seinem Torhüter alleine sprechen. »Ben, auf ein Wort!« Ben wischte sich mit dem Handtuch den Schweiß vom Gesicht und legte es sich dann um den Hals. Fragend sah er seinen Coach an.

»Fühlst Du Dich gut?« fragte ihn dieser unverbindlich.

»Ich fühle mich super. Und ich bin bereit für Samstag. Wenn es das ist was du wissen willst.« Ben war nicht blöd. Mats wollte wissen, inwieweit die öffentliche Kritik am Selbstbewusstsein des Torhüters gekratzt hatte. »Gut. Das wollte ich hören. Obwohl ich es mir schon fast dachte, dass dich so ein bisschen Gegenwind nicht umhaut.« Damit klopfte er seinem Spieler anerkennend auf die Schulter.

Durch die Niederlage in Sevilla war die Konstellation für das letzte Saisonspiel nun so, dass Valencia die Meisterschaft immer noch gewinnen konnte, allerdings nicht mehr aus eigener Kraft. Sie mussten auf jeden Fall einen Sieg mit drei Toren Unterschied erringen und San Sebastian musste Barcelona schlagen. Ben war noch nie in einer derartigen Situation. Er hatte noch mit keinem Verein bis zum letzten Tag um die Meisterschaft gekämpft. Sicher, er war angespannt, was nach dem letzten verlorenen Spiel nicht ganz verwunderlich war, aber das würde er nach außen hin nicht zeigen geschweige denn zugeben. Er trainierte jeden Tag hart und konsequent. Er würde sein Bestes geben und wenn es der Rest des

Teams genauso handhabte, konnte im Grunde nichts schief gehen. Mats entließ ihn mit einem aufmunternden Klopfen auf die Schulter.

Oxana räumte die großen Müllsäcke zusammen um sie an die Straße zu stellen. Carlos und Jorge, ein Kneipenbesitzer, der seine Bar ein Stück weiter den Strand hinauf betrieb, saßen an der Theke und es schien ein langer Abend zu werden. Gäste waren keine mehr da und Oxana hatte die Tische und den Tresen bereits geputzt. Wenn sie nun noch die Müllsäcke fortbrachte konnte sie Feierabend machen. Auf Carlos zu warten schien keinen Sinn zu ergeben. Wenn er sich in den Kopf gesetzt hatte, einen Gleichgesinnten unter den Tisch zu trinken dann zog er das in aller Konsequenz durch. Oxana seufzte und stieß mit dem Ellenbogen die Hintertüre auf.

»Ich kann schwimmen.« Oxana schrie auf und ließ die Säcke fallen.

»Bist Du verrückt?« Mit aufgerissenen Augen und klopfendem Herzen fuhr sie Ben an, der sich am Hintereingang an den Schuppen, in dem die Liegen untergebracht waren, anlehnte. Carlos, der mit Jorge herbeigeeilt war, nachdem sie Oxana schreien hörten, begrüßte Ben lässig: »Hey Ben.« Dann sah er sich suchend um. »Oxi, was schreist du so?«

Fassungslos sah Oxana von Carlos zu Ben und wieder zurück. »Er steht hier im Dunkeln und quatscht mich von der Seite an. Entschuldige dass ich erschrecke!« Carlos lachte und zog Jorge zurück in die Bar. »Schönen Abend euch!«

Oxana griff wütend nach ihren Mülltüten und stapfte

los. »Dass du schwimmen kannst, sagtest du bereits. Es war nicht nötig, es mitten in der Nacht im Stockdunklen zu wiederholen!«

Ben, der bis jetzt gar nichts mehr gesagt hatte, lachte leise. »Ich wollte dir nur erklären warum ich nicht ins Meer gehe. Obwohl ich schwimmen kann!« Er buchstabierte das Wort schwimmen regelrecht.

»Jetzt bin ich aber neugierig.« Sie hatten den Parkplatz erreicht und Oxana stellte die Müllsäcke an den Straßenrand wo sie am nächsten Morgen abgeholt werden würden. Gespannt stemmte sie die Hände in die Hüfte und sah Ben abwartend an.

»Ich mag den Boden im Meer nicht. Wenn die Füße im Sand versinken, alles aufgewühlt ist und um dich herum alles trüb wird. Und man womöglich noch von Fischen berührt wird. Oder Seegras. Oder Quallen. Oder wenn eine Welle dich umwirft und du Salzwasser schluckst. Das ist eklig. Jedenfalls für mich.« Fragend sah er Oxana an, die ihn mit offenem Mund ansah. »Dein Ernst? Warum ziehst du dann ans Meer?«

»Das hab ich mir doch nicht ausgesucht. Ich werde dahin verkauft wo man mich gut bezahlt und eine Perspektive erkennbar ist. Aber abgesehen davon gefällt es mir hier gut. Und es gibt auch jede Menge Pools. Ich liege gern am Pool …«

Oxana schüttelte den Kopf. Sie liebte das Meer, den Sand, das Salz und sogar den Seetang. Sie konnte stundenlang im Wasser treiben und die Vielzahl der Fische beobachten. Wie konnte man so etwas verabscheuen? Sie richtete einen misstrauischen Blick auf Ben.

»Jetzt sieh mich nicht an wie einen Außerirdischen. Hast du noch nie von einer Salzwasser-Phobie gehört?«

Kaum merklich schüttelte sie den Kopf und presste fast unhörbar aus zusammen gekniffenen Lippen hervor: »Nein, noch nie.«

Unschlüssig standen sie auf dem Parkplatz neben Bens Auto und wussten nicht mehr was sie sagen sollten.

»Würdest Du vielleicht trotzdem mit einem Alien noch etwas trinken gehen?« Ben ergriff als erster wieder das Wort und sah Oxana fragend an.

»Hm. Ok, ich denke, *ein* Space-Cocktail wird keinen Schaden anrichten.« Nun musste sie doch lachen.

Zufälligerweise wählte Ben eine Tapas-Bar in der Nähe ihrer Wohnanlage aus, wie Oxana bemerkte als er einparkte. Hier verkehrten mehr Einheimische als fremde Gäste, da die Lage ein wenig abseits der zentralen Touristen-Meile lag.

»Woher kennst du diese Bar?« fragte sie.

»Ich kenne sie gar nicht, ich habe sie das letzte Mal gesehen, als ich dich nach Hause gefahren habe. Mir scheint, hier gibt es nicht so viele Leute, die sich um uns scheren würden. Was meinst du?«

Argwöhnisch sah sie Ben an: »Willst Du nicht mit mir gesehen werden?«

»Oh Gott, nein.« Ben erschrak sichtlich. »Ich dachte, Du willst vielleicht nicht so von der Öffentlichkeit wahrgenommen werden. Wer weiß was morgen in der Zeitung steht. Immerhin haben wir in den letzten Tagen viel Zeit miteinander verbracht. Mich wundert's, dass es da bisher noch zu keiner Schlagzeilen gekommen ist.«

Oxana musste über sein erschrockenes Gesicht laut auflachen: »Gut, vielleicht liest ja keiner die Randnotiz: ›Mit welcher hässlichen Kröte schlägt sich unser Torwartstar die Nächte um die Ohren?«

»Du bist keine hässliche Kröte, du bist die wunderschöne Wassernixe Arielle.«

»Ah, ich sehe, heute willst du unbedingt gut Wetter machen. Von mir aus …« Oxana war froh, dass es schon sehr dunkel war und Ben nicht bemerkte, wie sehr sie errötet war. Bisher hatten sie sich beide daran gehalten und waren immer nur wie Kumpels mit einander umgegangen. Komplimente bezüglich ihres Aussehens hatte er noch nie von sich gegeben. Zumal sie seinen Geschmack nach der Begegnung mit Janet nicht einschätzen konnte.

Sie betraten das kleine Restaurant. Ben hielt ihr wie immer zuvorkommend die Türe auf und ließ sie voran gehen. Das war ihr schon mehrmals aufgefallen: Ben hatte wohl eine gute Erziehung genossen, denn sein Benehmen war vorbildlich.

Die Einrichtung war gemütlich. Die weißen Wände harmonierten mit warmen, braunen Möbeln. Jeden Essplatz hatte man in eine Nische eingearbeitet, so dass Tische mit kleiner Personenzahl abgeschirmt von den Nachbartischen in Ruhe essen konnten. Ben und Oxana ließen sich von dem Kellner in den hinteren Teil des Raumes bringen, wo sie sich gleichzeitig auf die gemütliche Bank in der Aussparung in der Wand setzten. Oxana hatte den Blick des Erkennens in den Augen des jungen Angestellten gesehen und war ihm sehr dankbar, dass er Ben nicht sofort anhimmelte. sondern sie ein Stück weit weg von dem einsehbaren Eingangsbereich brachte.

»Stört es dich, wenn wir nebeneinander sitzen?« fragte Oxana, die sich ungern von der weichen Unterlage auf der Bank auf einen Stuhl setzen wollte.

»Gar nicht, im Gegenteil. Ich finde es sehr schön so.« Täuschte sie sich oder war Ben heute in einer besonderen Stimmung? Sie beschloss auf der Hut zu sein.

»Wo ist unser gemeinsamer Freund denn heute?« Damit wollte sie das Gespräch wieder in unverfängliche Wasser lenken.

»War mir gar nicht aufgefallen, dass Mikki zu deinen Freunden gehört.« Ben lächelte nachsichtig.

»Da könntest du Recht haben, ich wollte nur ein bisschen Konversation betreiben.« Oxana zuckte mit den Schultern. Bevor jedoch Ben etwas entgegnen konnte, brachte eine Bedienung die Speisekarte und nahm die Getränkebestellung auf.

Während des Essens unterhielten sie sich über dies und das. Unter anderem berichtete ihm Oxana von der Sorge um ihre Mutter. Sie wusste selbst nicht warum aber es fiel ihr so leicht, Ben davon zu erzählen. Und es tat ihr gut, mit jemanden darüber sprechen zu können. Er bot ihr auch nochmals seine Hilfe an, wenn es notwendig werden würde, ihre Mutter vorübergehend in einem Hotel unter zu bringen. Er spürte, dass Oxana nicht die finanziellen Möglichkeiten hatte, dies zu übernehmen und über ihren Bruder wusste er gar nichts. In dieser Angelegenheit hielt sie sich bedeckt. Völlig ungezwungen legte sie ihre Hand auf seinen Arm und bedankte sich für sein Angebot. Dabei blickte sie in sein vertrautes Gesicht. Sie sah gern in diese warmen braunen Augen mit den vielen Lachfältchen. Sein Dreitagebart war wie immer gepflegt. Ein-, zweimal wollte sie ihn nach seiner Ex-Freundin fragen aber es verließ sie jedes Mal der Mut. Zudem wollte sie die besondere Stimmung zwischen ihnen nicht zerstören.

Die Hand auf seinem Arm fühlte sich gut an und ein warmes Gefühl breitete sich in ihm aus. Deshalb legte er seine auf ihre und ließ sie dort. Irgendwie schien es selbstverständlich dass sie eine zweite Flasche Wein bestellten. Oxana wunderte sich anfangs darüber, dass Ben Wein trank. Sie hatte ihn bis auf ein paar Mal nicht mehr als ein Bier trinken sehen. Meistens trank er nur Mineralwasser ohne Kohlensäure. Aber während sie die zweite Flasche Wein tranken wunderte sie gar nichts mehr …

Drei Stunden später ließen sie ihren Blick durch das Lokal streifen und bemerkten betreten die beiden Servicekräfte, die die Arme vor der Brust verschränkt an der Theke lehnten und zu ihnen herübersahen. Als sie sich daraufhin verstohlen umsah stellte sie fest, dass das Lokal leer war. In einigen Bereichen waren sogar die Stühle schon hochgestellt. Peinlich berührt stieß Oxana Ben an und flüsterte: »Siehst du was ich sehe? Wir sind die letzten.«

Ben grinste und sagte, während der dem Kellner winkte: »Besser als *das Letzte*.« Der Kellner kam trotz allem freundlich lächelnd an ihren Tisch und fragte während er mit der Rechnung in der Hand wedelte: »Ich nehme an zusammen?« Ben nickte und reichte ihm nach einem Blick auf die Summe seine Kreditkarte. Nachdem er noch ein großzügiges Trinkgeld auf den Tisch gelegt hatte, standen sie beide auf. Und schwankten nicht schlecht, während sie hinter dem Tisch hervortraten. Oxana kicherte: »Ich muss nur zweimal umfallen, dann bin ich zu Hause. Aber Du?«

Täuschte sie sich oder lallte er als er sagte: »Ich komm mit dir. Ich schlaf auf der Couch.« Dabei versuchte er zu zwinkern, was gründlich misslang und ihm nur noch mehr den Eindruck verlieh, ganz schön beschwipst zu sein. Oxana drehte sich zur Seite um nicht laut los zu lachen. Theatralisch griff sie ihm unter den Armen und versuchte ihn zu stützen. »Ein bisschen musst du schon mitmachen, sonst kommen wir hier nicht vom Fleck.«

Schwerfällig setzte sich Ben in Bewegung und sie schlurften die Straße entlang in Richtung der Wohnanlage. Mit Ben in Schräglage versuchte Oxana den Schlüssel für das Tor, das den Wohnblock umschloss, aus ihrer Handtasche zu kramen. Als sie ihn nicht gleich fand, wollte Ben ihr mit seinem Handy in die Tasche leuchten. Dabei fiel ihm das Handy aus der Hand und beim Versuch, sich zu bücken um es aufzuheben, fiel er um und riss Oxana mit. Kichernd lagen sie auf den Knien auf der Straße. Sie hielt ihm die Faust mit einem imaginären Mikrofon vor das Gesicht und fragte: »Ben

Bühler, bitte ein Interview für die ›Sport Espanol‹. Wie fühlt man sich wenn man so in der Gosse liegt?«

»Ziemlich am Boden«, ächzte er schwerfällig beim Versuch wieder aufzustehen. »Meinst Du, wir schaffen das heute noch? Ich müsste mal …«

»Natürlich, heute ist noch lang. Es ist gerade mal halb zwei«, munterte sie ihn auf.

Irgendwie erreichten sie dann das Appartement im vierten Stock doch noch. Oxana zeigte ihm das Bad und ließ dann einen Blick durch ihre kleine Wohnung streifen. Doch ja, sie befand sie für aufgeräumt und vorzeigbar. Der große Raum umfasste eine abgetrennte Küchenzeile und einen Wohnbereich in dem ein großes Bett stand von dem man auf den Fernseher blickte. Seitlich davon stand ein großer Sessel. Diese beiden Möbelstücke nahmen den ganzen Raum ein. Durch eine breite Glasfront konnte man auf den Balkon gehen und hatte einen freien Blick aufs Meer. »Deshalb der vierte Stock?« fragte Ben als er hinter sie trat und den Arm um sie legte. Weil er sein Kinn auf ihren Kopf legte konnte er spüren wie sie nickte.

»Ja. Kleine Räume engen mich ein. Aber eine große Wohnung kann ich mir nicht leisten. Aber wenn ich hier morgens stehe, die Sonne aufgeht und der Horizont unendlich ist, dann macht mir die Enge nichts aus. Ich sitze so oft es geht draußen auf dem Balkon. Und ich nehme normalerweise mitten in der Nacht keine Männer mit, die ich am Randstein auflese.« Ben erkannte trotz des Humors die Melancholie in ihrer Stimme als sie das sagte. Bis jetzt hatte er sie stets als stark und unangreifbar gehalten aber in diesem Augenblick spürte er eine Verletzlichkeit und Unsicherheit in ihrer Körperhaltung. »Wir tun hier nichts was du nicht auch willst,« flüsterte er ihr ins Ohr. Oxana wand sich aus seinem Arm und deutete ihm, sich irgendwo hinzusetzen. »Ich mach uns mal einen Espresso, ja?«

»Gute Idee.« Ben sah ihr nach als sie hinter die spanische Wand trat, die die kleine Küche vom Wohnraum trennte. Er hörte sie an der Kaffeemaschine hantieren und machte es sich auf dem Bett bequem während er im Fernseher durch die Programme zappte. Auf einem Musikkanal lief gerade ein Video von Ed Sheeran.

»Oh, lass das mal an, ich liebe ›Perfect‹,« rief Oxana aus der Küche. Ben legte die Fernbedienung aus der Hand und lehnte sich zurück. Er kannte das Lied aus dem Radio hatte aber noch nie genau hingehört.

Als Oxana mit den Kaffeetassen auf einem Tablett ans Bett trat lag Ben auf der Seite, die Arme vor sich verschränkt und schlief tief und fest. »Toll,« seufzte sie. »Wenigstens wird's jetzt kein One-Night-Stand.« Sie zog die leichte Decke vorsichtig unter ihm hervor und deckte ihn zu. Dann ging sie ins Bad um sich nach einer Katzenwäsche umzuziehen.

Ben schlug die Augen auf und musste sich zunächst orientieren. Das Zimmer war groß lag im Halbdunkel. Durch die leichten Vorhänge schien die Sonne. Als er die Hände vor sein Gesicht nehmen wollte um sich die Augen zu reiben, stellte er fest, dass er den rechten Arm gar nicht bewegen konnte. Er drehte sich ein wenig auf die Seite und fand eine Menge blondes Haar vor. Eine große Menge heller gekringelter Locken. Und sein Arm schien irgendwie darin zu verschwinden. Oxanas Gesicht konnte er nicht erkennen aber der Brustkorb unter der Decke hob und senkte sich gleichmäßig. Er versuchte sich zu erinnern. Sie hatten beide nicht so viel getrunken, dass es für einen Filmriss reichen sollte. Außerdem war er komplett angezogen. Vorsichtig drehte er sich auf die Seite.

Eine leichte Sommerbrise strich über ihren Körper. Oder waren es Schmetterlinge? Egal. Das Gefühl jedenfalls war wunderschön. Sie könnte sich daran gewöhnen, jeden Morgen so aufzuwachen. Das Streicheln auf ihrer Haut verstärkte sich und ihr ganzer Körper begann zu kribbeln. Als sich jemand von hinten gegen sie schob schlug sie die Augen auf. Ben! Ihr Verstand befahl ihr, ihn sofort von sich zu schieben aber ihr Körper reagierte nicht. Im Gegenteil, er wand sich unter den Berührungen. Wenn sie eine Katze gewesen wäre, würde sie jetzt schnurren. Ben näherte sich ihrem Gesicht indem er ihre Haare sachte beiseite schob.

»Haben wir heute Nacht schon …?« begann er den Satz und ließ die eigentliche Frage in der Luft stehen.

»Nicht dass ich wüsste. Mein letzter Stand ist, dass ich dich schlafend vorgefunden habe. Komplett schlafend! Und vollkommen angezogen!« Oxana grinste breit, auch weil sie wusste, dass er es nicht sehen konnte.

»Hmmmm.« Ben setzte kleine Küsse auf ihr Ohr, ihren Hals und ihre Schulter während er seinen anderen Arm unter ihr hervorzog. Dabei drehte er sie auf den Rücken und kniete sich über sie. Er zerrte an ihrem T-Shirt. »Du hast definitiv zu viel an. Heute soll es wieder heiß werden ...«

Freiwillig hob Oxana die Arme, damit er ihr das Shirt ausziehen konnte. Ben ließ seine Hände langsam an ihren ausgestreckten Armen abwärts zu ihren Brüsten gleiten. Sanft strich er mit der glatten Handfläche über ihre vor Erregung hoch aufgestellten Brustwarzen. Was Oxana ein tiefes Stöhnen und Ben ein kleines Lächeln entlockte. Während seine Hände über ihre Brüste rieben, arbeitete sein Mund sich weiter nach unten. Mit den Zähnen zupfte er an ihrem Slip. Dann küsste er ihre Scham durch den Stoff. Sie wand sich unter ihm. Um ihr die Unterwäsche auszuziehen nahm er dann doch die Hände zu Hilfe. Seine Zunge suchte sich den Weg zwischen ihre Schamlippen und er begann zu saugen. Schon nach kurzer Zeit hob Oxana ihr Becken an und stöhnte. Ben küsste und leckte sie abwechselnd bis er spürte, dass sie dem Höhepunkt nahe kam. Da nahm er die Finger zu Hilfe und rieb sie bis er die Zuckungen ihres Orgasmus wahrnahm und sie in eine andere Hemisphäre abtauchte. Er liebkoste ihren Bauch und wartete bis sie wieder zu Atem kam. Dann erhob er sich und entledigte sich seiner Kleider.

»Hast Du was da?« Seine Stimme klang heiser.

»Im Bad. Kleine Schublade rechts unten.« Oxana selbst war nicht in der Lage aufzustehen, so zitterten ihre Knie. Hastig kehrte Ben zurück aus dem Bad und zerriss er mit den Zähnen die Kondomverpackung- Während er zwischen ihren Beinen kniete, streifte er sich die Gummihülle über. Lange küsste er sie auf den Mund und ihre Zungen umkreisten einander wild während er in sie eindrang. Ganz langsam eroberte er sie Zentimeter um Zentimeter bevor er anfing sich sanft in ihr auf und ab zu bewegen. Oxana krallte die Finger in seine Hüfte und bog sich ihm entgegen. Dies war der Ansporn für ihn seine Stöße zu verstärken. Er hielt jedoch jedes Mal inne wenn er spürte, dass sie im nächsten Augenblick kommen würde. Mit dunklen Augen sah Oxana zu ihm auf und stumm flehte sie ihn an, nicht aufzuhören. Er ließ sie jedoch zappeln. Immer wieder verharrte er in ihr. Doch sobald sie ihre Beine fest um seine Hüfte schlang und sich unter ihm bewegte konnte auch er sich nicht mehr zurückhalten und ihr gemeinsamer Höhepunkt trieb sie zusammen in den Abgrund. Erschöpft ließ er sich auf den Rücken fallen und zog sie mit sich, so dass sie auf ihm lag.

»Ich war super, oder?« Ben grinste wie ein Honigkuchenpferd. Oxana prustete. Dieser Mann hatte ein gesundes Selbstbewusstsein. »Jedenfalls nicht schlecht. Auf der Skala von eins bis zehn eine gute Acht. Kannst Du auch zweimal?« japste sie. Ihr Brustkorb hob und senkte sich heftig. Daraufhin musste er auch laut lachen. »Wiederholungen sind nicht ausgeschlossen. Leider hast du nur keine Kondition …« Entspannt legte er sich zurück. Träge rollte sie sich von ihm und fuhr mit dem Finger seine Tattoos auf der Brust nach. »Erzählst Du mir was sie bedeuten?« fragte sie ihn.

»Natürlich. Irgendwann …« Er lächelte mit geschlossenen Augen und sie fielen in einen leichten Schlaf. Irgendwann am frühen Nachmittag liebten sie sich noch einmal lange und zärtlich bis Ben zum Training aufbrechen musste. Er dankte dem lieben Gott mehr als einmal, dass er keinen Kater hatte.

Ben fuhr frisch geduscht bei Oxanas Appartementanlage vor und stellte den Motor ab. Gerade als er ihr mit dem Handy die Nachricht schicken wollte, dass er da sei, öffnete sich das Tor, das die Anlage umgab. In kurzen Shorts und offenen Sandalen, unter dem Arm einen großen Korb, kam sie auf ihn zu. Ben beobachtete sie wie sie um das Auto herum kam und den Korb auf dem Rücksitz abstellte. Nachdem er die Nacht wieder bei ihr verbracht hatte, brach er nach einem kleinen, späten Frühstück zum Training auf. Nicht ohne sich sich für den späten Nachmittag mit ihr zu verabreden. Oxana wollte ihm die *Fonts de l'Algar* zeigen. Dieser idyllisch von Oleanderbüschen umgebene Wasserfall, der in Kaskaden in die Tiefe fiel, war eine große Attraktion. In verschiedenen Höhen konnte man in natürlich ausgeschwemmten Bassins im grün schimmernden Wasser baden. Der Boden war felsig, so dass Ben sich nicht vor undurchsichtigem Boden fürchten musste. Und schnorcheln konnte man in dort auch nicht und das beruhigte ihn ungemein.

Auf dem Parkplatz standen nur wenige Fahrzeuge. Für einen milden Frühlingstag in Valencia eher ungewöhnlich. Aber nicht unerfreulich, wie Ben befand. Auf der unteren Ebene der Wasserterrassen fanden sie einen Platz, wo sie unter wenigen Badegästen fast alleine am naturbelassenen Kalksteinbecken ihre große Decke ausbreiten konnten. Während sie die Kleidung auszogen, wollte Ben den Blick kaum von Oxana lassen. Bis vorgestern waren sie übers Küssen nicht hinausgekommen und als sie nun in einen bunten Bikini völlig unbefangen neben ihm stand regten sich starke Gefühle in ihm. Sie war der unkomplizierteste Mensch der ihm je begegnet war. Sie faltete ihr Kleid zusammen und legte es auf den Korb. »Jetzt komm. Das ist wie im plantschen im Pool.« Ben musste nur sein T-Shirt aus ziehen. Die Badeshorts hatte er bereits an. Nebeneinander standen sie auf den Stufen, die ins kristallklare angenehm temperierte Wasser führten. Die Sonne stand hoch am Himmel und hatte bereits höchste Strahlkraft. Die beiden waren dankbar sich abkühlen zu können und stiegen tiefer ins Becken. Argwöhnisch betrachtete Ben den Boden und stellte erfreut fest, dass er vollkommen aus Fels bestand und er im klaren Wasser seine Füße gut sehen konnte. Oxana schwamm voraus und tauchte in den Wasserfall. Er tat es ihr nach und tauchte in einer Art Höhle wieder auf. Er staunte. Ein wunderschönes Fleckchen Erde, reine Natur und völlig unberührt. Oxana erklärte ihm, dass die meisten Menschen oberhalb der Wasserfälle badeten. Vor allem Familien mit Kindern. Das schien auch die Erklärung zu sein, dass hier kaum andere Leute waren. Es führte zwar ein Rundweg um die Quelltöpfe aber viel los war heute nicht. Nachdem sie ein lange Zeit im Wasser gewesen waren schwammen sie zurück ans Ufer und setzten sich auf das große Tuch. Die Sonne wärmte sie durch die Bäume. Beschämt nahm Ben es zur Kenntnis, als Oxana eine Köstlichkeit nach der anderen aus dem mitgebrachten Korb holte. Tapas, Käse, Brot. Und von allem mehr als genug. Zu guter Letzt brachte sie zwei eiskalte Flaschen Bier zutage. Ben wusste, dass Oxana finanziell mehr schlecht als recht über die Runden kam. Sie arbeitete während der Sommersaison so oft wie möglich bei Carlos. Damit bestritt sie neben ihrem Lebensunterhalt auch die Miete für ihr Appartement, ihre Studienkosten und ihr WG-Zimmer in Barcelona. Sie steckte jeden Euro in ihr Studium um es so bald wie möglich abzuschließen und einen Beruf ergreifen zu können.

Er hätte von sich aus daran denken sollen, ihr etwas Geld für das Picknick zu geben oder gar selbst mit ihr einkaufen zu gehen. »Wo bringst du das alles her?« fragte er während er sie von hinten umschlang und ihr einen Kuss auf den Hals gab.

»Weißt du, mit der Zeit kennt man die kleinen Läden wo man die feinen Schweinereien kaufen kann ohne gleich in den finanziellen Ruin zu stürzen.«

»Das sehe ich. Du musst mich unbedingt mal mitnehmen, wenn du dich mit ›Schweinereien‹ abgibst!« Dabei drückte er sie fester an sich damit sie seine leichte Erektion an ihrem Rücken spüren konnte und wusste von was er sprach. Spielerisch schlug sie ihm auf die Finger, die sich ihren Weg von ihrem Bauch in tiefere Regionen bahnten.

»Wirst Du dich wohl benehmen?« Sie machte eine ausholende Bewegung: »Hier kann uns jeder sehen.«

Er ließ sie los und küsste sie dabei auf die Schläfe: »Na und? Kann doch jeder sehen dass es uns gut geht!« Oxana lachte glücklich und reichte ihm das Bier.

»Kelly! Sie lebt!« Livia riss die Augen auf als Oxana das *Besitos* betrat. Kelly, Livias gute Freundin, saß mit ihren beiden Kindern an einem Tisch und frühstückte. Die Kinder thronten in Kinderstühlen und aßen vorbildlich sittsam Pfannkuchen. Oxana tat als wüsste sie nicht, wovon Livia sprach und umarmte sie freundschaftlich. »Ich nehme das gleiche wie immer …«. Während die Freundin eine Tasse unter den Auslauf der Kaffeemaschine stellte beobachtete sie Oxana aufmerksam, die auf Kelly zuging und sie ebenfalls begrüßte. Sie tätschelte den beiden Kindern den Kopf und setzte sich mit an den Tisch.

»Wo warst Du die ganze Zeit?« Livia stellte den Kaffee vor Oxana ab. »Steckt da ein Kerl dahinter?« Als Livia diese Frage stellte spürte Oxana den stechenden Blick von Kelly auf sich gerichtet. Kelly war bekannt dafür, dass sie sich wie ein Terrier festbiss, sollte sie eine amouröse Beziehung auch nur im Ansatz wittern. Wenn sie eine Fährte aufnahm ließ sie nicht mehr locker.

»Ich hab mich um meine Mutter gekümmert.« Oxana erzählte den beiden vom Drama in ihrer Familie und nahm dankbar deren Anteilnahme entgegen. Was nicht ganz in Ordnung war, denn in den letzten Tagen war es ihr nicht gerade schlecht ergangen und sie hatte alles ein wenig verdrängt. Nachdem sie eine Weile zusammen gesessen hatten, bezahlte Oxana ihr Frühstück. Seufzend musste sie aufbrechen um ihre Schicht in der Strandbar anzutreten. Während nun immer mehr Gäste in Livias Bar kamen, war es mit der Ruhe vorbei und die auch junge Chefin hatte keine Zeit mehr sich mit ihnen unterhalten. Oxana umarmte die Freundin fest und versprach, bald wieder vorbei zu schauen. Sie war bereits an der Tür als Kelly sie aufhielt indem sie ihr zurief: »Und wie heißt er nun?« Unschuldig grinste Oxana zurück.

Die Tage vergingen wie im Flug. Ben und Oxana verbrachten jede freie Minute miteinander. Mehr als einmal fuhr er als letzter mit quietschenden Reifen auf das Trainingsgelände um nicht eine Strafe wegen Zuspätkommens zu kassieren. Am Samstag war das letzte Saisonspiel für alle spanischen Mannschaften in der ersten Liga und für Valencia die letzte Chance, den nationalen Titel, die spanische Meisterschaft, zu holen. Den Supercup hatten sie verloren und aus der Champions League waren zwar ziemlich weit gekommen aber dennoch ausgeschieden. Niemand hatte vor der Saison erwartet, Valencia im oberen Drittel stehen zu sehen. Niemand außer Mats, dem Trainer. Er hatte von Anfang an den Anspruch gehabt, mit den großen Teams mitzuspielen. Als Andres, der Torhüter ausgefallen war, sah er seine Chance auf das internationale Fußballgeschäft schwinden. Doch mit der Verpflichtung von Ben Bühler und dessen bestechender Form verlief die Rückrunde mehr als zufriedenstellend. Dass man am Ende gegen eine starke italienische Mannschaft aus dem Turnier der großen europäischen Teams ausscheiden musste konnte er verschmerzen. Seine Mannschaft hatte sich nicht unter Wert verkauft, sondern war zeitweise sogar besser gewesen. Dies alles machte ihm Mut für die neue Saison. Mit ein, zwei Verstärkungen würde man wieder angreifen und die etablierten Mannschaften ärgern können. Und die Verstärkungen würde er bekommen. Das hatten ihm sowohl der Sportdirektor als auch der Präsident zugesichert. Auch diese beiden konnten sich selbst auf die Schulter klopfen. Sie hatten mit Mut und Zuversicht diesen jungen, engagierten Trainer verpflichtet, der ihre Erwartungen voll und ganz erfüllt hatte. Zu guter Letzt hatten sie jetzt noch die minimale Chance auf die Meisterschaft und dieser Umstand war selbst für Fußball-Insider eine Überraschung.

Ben lag träge auf dem Bauch auf seiner Strandliege. Mittlerweile war es ganz schön warm geworden. Oxana war wieder einmal auf Tauchstation und er würde sich selbst auch gerne abkühlen. Aber seine Füße-versinken-im-Sand-Phobie ließ ihn lieber schwitzen. Gerade als er sich in den kühlen Schatten in der Bar setzen wollte, wrang jemand sein Haar auf seinem Rücken aus. Er sprang auf und packte Oxana an der Hüfte und warf sie über seine Schulter. Sie schrie lachend auf. Als er sie wieder auf den Boden abstellte stellte sie sich mit den Händen in der Hüfte vor ihn: »Ein richtiger Kerl würde mich jetzt ins Wasser werfen!« Dabei grinste sie frech.

»Pah, provozier' mich nicht! Wenn wir wieder bei den

Felsen sind, tauch ich dich unter! Du tauchst doch so gerne!« Oxana warf lachend den Kopf nach hinten. Sie liebte es, ihn zu ärgern. Und sie fand es echt groß von ihm, dass sie ihn mit seinem wunden Punkt auf den Arm nehmen durfte ohne dass er sich beleidigt abwandte.

»Morgen Vormittag werden wir unser Mannschaftsquartier für die nächsten zwei Tage beziehen«, erklärte er ihr nachdem eine Kollegin von Oxana ihnen in der Bar ihre Getränke servierte. »Wir werden uns erst nach dem Spiel wieder sehen können. Du kommst doch?«

»Natürlich! Was weiß ich denn wann ich das nächste Mal etwas Ordentliches zum Essen bekomme und dabei noch unter den Reichen und Schönen ein Fußballspiel anschauen werde?« Damit spielte sie auf ihre Sitzplatzkarte im VIP-Bereich an.

Ben, der wusste, dass Oxana einen enormen Appetit hatte, brummte: »Hoffentlich siehst du überhaupt etwas vom Spiel außer dem Buffet.«

»Na, dann müsst ihr halt zusehen, dass ihr es nicht so spannend macht, damit ich nicht das Gefühl kriege, ich würde was versäumen.«

»Du tust gerade so als wären neunzig Minuten Anrennen bei fast dreißig Grad ein Spaziergang.«

»Also, ich seh' Dich eigentlich nie so viel rennen.«

Ben schnaubte. »Stimmt. Jetzt wo du es sagst ... Ich frag mich auch immer wo meine verschwitzten Klamotten herkommen?«

Oxana riss die Augen auf: »Du bringst es tatsächlich zu etwas Schweiß bei einem Spiel?«

Da packte er sie am Hinterkopf und küsste sie fest auf den Mund: »Ach, halt einfach die Klappe.«

Als sie den Mund unter seinen Lippen zu einem Lachen verzog, erhielt er die Bestätigung dass sie ihn wieder einmal erfolgreich veräppelt hatte.

»Ich überlege gerade, ob ich vielleicht eine Karte für den Stehblock hinterlegen soll und dir einfach ein bisschen Geld für ein belegtes Brötchen mitgebe.«

Sie lachte: »Mach doch ….«. Ben liebte es, wenn sie den Kopf nach hinten warf und herzlich und aufrichtig lachte. Sie hatte kein einfaches und privilegiertes Leben so wie er, aber sie war zufrieden mit dem was sie hatte. Nie hatte sie bei ihm den Eindruck erweckt, dass sie irgendetwas, und sei es finanzielle Hilfe, von ihm erwartete. Und er liebte es, wenn sie ihn den Versuch unternahm, ihn zu ärgern. Weil sie, wenn er darauf einging, noch fröhlicher lachte und glücklich wirkte. Er glaubte nicht, dass Oxana der Typ war, der sich für einen Mann verstellte, um ihm zu gefallen. Oxana war hundert Prozent Oxana.

Mitten in der Nacht klingelte Bens Handy. Es war ein anderer Klingelton als die, die Oxana schon kannte. Und an der Reaktion wie er aus dem Bett sprang erkannte sie, dass es wichtig war. Angespannt meldete er sich. Schon während er zuhörte griff er nach seiner Kleidung. Er sprach nicht viel. Außer den Worten: »Ich bin unterwegs.« Er küsste sie als sie sich schläfrig aufsetzte und drehte sich noch einmal zu ihr um als er schon fast aus der Schlafzimmertür war. Leise murmelte er ein »es tut mir leid,« und verschwand. Oxana fuhr sich durch die Haare und stöhnte. Dann ließ sie sich zurück in die Kissen fallen. Bestimmt ging es wieder einmal um Mikki. Langsam aber sicher verlor sie die Beherrschung mit diesem Mistkerl.

Ben fuhr direkt ins Krankenhaus. Pepe, ein Freund von Mikki hatte ihn angerufen. Mikki sei in einer Bar vom Hocker gefallen und regungslos liegen geblieben. Er hatte das Bewusstsein nicht wieder erlangt als er ins Krankenhaus eingeliefert wurde.

Nun stand Ben in einem abgetrennten Bereich in der Notaufnahme vor seinem Bett und bemerkte das erste Mal wie bleich und ausgemergelt Mikki war. Hier unter der Sonne Valencias hatte er es nicht geschafft, etwas Farbe anzunehmen. Das Bett schien viel zu groß für ihn. Rechts und links hing er an Schläuchen, die an Geräte und Monitore angeschlossen waren.

Als jemand den Raum betrat drehte Ben sich um. Ein Arzt reichte ihm die Hand und schüttelte sie. »Ich bin Dr. Sanchez. Ich habe den Patienten aufgenommen. Sie sind ein Familienangehöriger?« fragte er.

»Ja. Wie sieht es aus, wie geht es ihm?« antwortete Ben und nannte seinen Namen.

Der Mann in dem weißen Kittel zuckte die Schultern. »Wir müssen die Nacht abwarten. Sein Zustand gefällt mir nicht. Er ist stark unterernährt und sein Blut besteht zur Hälfte aus einem Cocktail aus Drogen und Alkohol.«

Ben ließ den Kopf sinken. Er wusste, dass Mikki Drogen nahm aber er hatte immer gehofft, er hätte es unter Kontrolle.

»Kann ich heute Nacht hierbleiben?« Er zog seine Jacke aus und warf sie auf einen Stuhl.

»Selbstverständlich. Ich lass ihnen ein Bett reinstellen.« Er legte ihm die Hand auf die Schulter: »Es tut mir leid, Senor Bühler.« Mit hängenden Schultern verließ er das Zimmer.

Zwei Pfleger schoben im Laufe der Nacht ein Bett in das kleine Zimmer. Ben bekam kaum etwas mit, er benutzte es auch nicht. Er hatte auf einem Stuhl sitzend seine Arme auf Mikkis Bett verschränkt und seinen Kopf darauf gelegt. Tausend Gedanken bescherten ihm eine schlaflose Nacht. Hätte er besser auf Mikki aufpassen müssen? Hatte er ihn vernachlässigt? War dies die Strafe dafür, dass er sich in letzter Zeit ausschließlich Oxana gewidmet hatte? Dass er ihn angegriffen und kritisiert hatte? Sein Gewissen ließ ihn nicht in Ruhe und während der ganzen Zeit, in der er sich Vorwürfe machte, erlangte Mikki das Bewusstsein nicht und keine Bewegung ließ erahnen, ob er spürte, dass Ben anwesend war.

Als der Tag erwachte und die Sonne blass durch die Jalousien schien, fühlte sich Ben wie von einem Lastwagen überfahren. Nachdem eine Krankenschwester die Monitore überprüft hatte, brachte sie ihm eine Tasse Kaffee und ein Käse-Sandwich. Während er sich zurücklehnte und das Koffein seine Lebensgeister erweckte, betrat ein anderer Arzt das Zimmer.

»Guten Morgen.« Er hielt ein Klemmbrett vor sich, auf das mehre Seiten geheftet waren. Nachdem er eine Weile darin geblättert hatte strich er sich über einen imaginären Bart und wandte sich dann Ben zu: »Er hat die Nacht überstanden. Das ist schon einmal gut.«

Ben entnahm diesen Worten, dass die Lage ziemlich ernst war. Er sah den Arzt fragend an. Der beantwortete die unausgesprochene Frage: »Wir haben es hier mit einem multiplen Organversagen zu tun. Im Moment übernehmen die Maschinen die Vitalfunktionen für seinen Organismus. Wir müssen jetzt Geduld haben und darauf warten, dass beide Nieren und vor allem die Lunge wieder selbständig funktionieren können. Seine Werte sind bedenklich und eine Niere arbeitet so gut wie gar nicht. Die Sauerstoffsättigung müssen mir ständig regulieren. Aber so lange er an die Überwachung angeschlossen ist, können wir ihm geben was er braucht um stabil zu bleiben. Später, wenn wir ihn aus dieser Schlafphase zurückholen, müssen wir über entsprechende Maßnahmen und Therapien nachdenken. Wenn er so weiter macht, ist er spätestens in einem halben Jahr wieder hier. Aber dann im Keller.«

Ben zuckte bei diesen Worten zusammen. Der Arzt bemerkte, dass er bei der Darstellung des Krankheitsbildes ein wenig über das Ziel hinaus geschossen war und beschwichtigte ihn: »Nun. So weit sind wir ja noch lange nicht. Erst einmal ist er bei uns ja in guten Händen. Und sie können im Moment nichts für ihn tun.« Dabei kam er um das Bett herum, klopfte Ben sachte auf die Schulter und sprach weiter: »Aber Sie. Sie können etwas Großes für diese Stadt tun. Wir alle bewundern Sie sehr und drücken die Daumen für morgen. Gehen Sie nach Hause und gewinnen Sie dieses Spiel. Auch für diese arme Seele hier.« Damit deutete er auf Mikki in seinem weißen Bett.

Daran hatte Ben überhaupt nicht mehr gedacht. Das Spiel morgen war im Augenblick so weit weg wie das Universum. Trotzdem wusste er, dass der Arzt Recht hatte und er hier nichts tun konnte. Und er hatte eine Aufgabe zu erfüllen. Und wenn es die letzte wäre, die ihm auferlegt wurde. Er würde morgen auflaufen, egal in welchem Zustand. Er nahm seine Jacke vom Stuhl während er auf die Uhr sah. Es war allerhöchste Zeit, zum Treffpunkt seiner Mannschaft aufzubrechen. Wieder einmal würde er der letzte sein, der den Mannschaftsbus betrat und sich die zweideutigen Sprüche seiner Teamkollegen anhören musste. Er würde sie heute gar nicht wahrnehmen …

Gerädert ließ er sich in seinen Autositz fallen. Angeber-Auto nannte Oxana es immer. Leicht lächelnd startete er den Wagen als er an sie dachte. Er würde ihr später Bescheid geben.

Oxana lief ziellos in ihrem Appartement auf und ab. Sie schüttelte zum dritten Mal ihre Bettdecke auf, wischte zum wiederholten Mal ihren Balkon und polierte zum soundsovielten Mal ihr Spülbecken. Sie hatte bereits mehrfach auf Bens Handy angerufen. Aber er meldete sich nicht. Nun schien das Handy sogar ausgeschalten zu sein, denn ihre Nachrichten bekamen keine Häkchen mehr als Zeichen dafür, dass er die Message erhalten bzw. gelesen hatte. Es war bereits früher Nachmittag und eigentlich sollte er bei der Mannschaft im Teamquartier sein. Sie wusste überhaupt nicht, wen sie noch anrufen könnte um näheres zu erfahren. Vielleicht Mikki. Aber alles in ihr sträubte sich, Kontakt mit ihm aufzunehmen. Abgesehen davon, dass sie von ihm überhaupt keine Telefonnummer hatte.

Ben nahm wie durch einen Nebel am Abschlusstraining teil. Immer wieder stellte er sich die Frage, ob Mikkis Abend anders verlaufen wäre, wenn er dabei gewesen wäre. Hätte er gemerkt, was Mikki eingeworfen hatte beziehungsweise hätte er ihn davon abhalten können? Hätte er viel früher eingreifen müssen oder hatte er zu lange die Augen verschlossen? Und die alles entscheidende Frage war, ob Mikki vielleicht nicht doch eifersüchtig auf Oxana war und sich deshalb so vollgedröhnt hatte? Wäre er in der vergangenen Nacht nicht bei ihr gewesen, hätte es nicht so weit kommen müssen. Das alte Spiel: wäre, hätte, Fahrradkette …

»He, Ben!« Jemand stieß ihn am Arm. »Zeit zum Wechsel.« Andres schob ihn auf die Seite. Seine Trainingszeit war beendet und er hatte es nicht einmal gemerkt. Er konnte auch nicht mehr sagen, wie viele von den Schüssen seiner Mannschaftskameraden aufs Tor er in den vergangenen fünfundvierzig Minuten pariert hatte und wie viele ihm einfach um die Ohren geflogen waren. Nun war seine Trainingssession zu Ende und der Torwart-Trainer schoss den Ersatz-Torhüter warm.

Unter der Dusche ließ er das warme Wasser einfach laufen ohne sich einzuseifen. Er stützte sich mit beiden Händen an der Wand ab und rührte sich nicht. Als Marc Fletcher, der junge Frechdachs, unter ihm hindurchgriff und den Hebel auf kalt stellte, sprang er wie von der Tarantel gestochen zurück. Ohne aber ein Wort zu sagen, begab er sich zu seinem Kabinenschrank und schlüpfte in seinen Trainingsanzug. Er bemerkte nicht wie Mats ihm beunruhigt nachsah.

Oxana hatte eine Menge zu tun. Die Bar war voll und viele Gäste saßen einfach im Sand weil sie keinen Sitzplatz in der Bar bekommen hatten. Wenn das so weiter ging, hatten sie in absehbarer Zeit keine sauberen Gläser mehr. Carlos spülte und zapfte im Akkord und Oxana und ihre Kollegin schrieben ganze Bestellblöcke voll. Die Musik dröhnte aus dem Lautsprecher und es herrschte eine ausgelassene Stimmung. Oxana war dankbar für die Ablenkung, denn so war sie nicht versucht, alle zehn Minuten auf ihr Handy zu schauen. Ben hatte sich bereits den zweiten Tag nicht gemeldet.

Ben lag auf seinem Bett im Fünf-Sterne-Hotel »*Imperial*«, dem Mannschaftsquartier vor dem alles entscheidenden Spiel. Gerade eben hatte er mit Dr. Sanchez telefoniert. Mikkis Zustand war unverändert und der Arzt hatte ihm zugesichert, alles Menschenmögliche für ihn zu tun. Ben empfand den Arzt als kompetent und kam langsam zu Ruhe. Er hielt in der einen Hand die Fernbedienung des TV-Apparates und in der anderen sein Handy. Sein

Herz riet ihm, Oxana anzurufen, sein Verstand hielt ihn davon ab. Er machte sich bittere Vorwürfe, die Nacht bei ihr verbracht zu haben und nicht für Mikki dagewesen zu sein. Wenn Mikki bleibende Schäden davon tragen würde, wäre das seine Schuld. Nie würde er sich das verzeihen. Irgendwann schloss er die Augen und fiel in einen unruhigen Schlaf.

Carlos brachte Oxana um halb zwei Uhr in der Frühe nach Hause. In seinem Auto fiel ihm auf, wie ungewöhnlich still sie den ganzen Tag schon war. Als er vor ihrer Wohnanlage anhielt, öffnete sie sofort die Türe und wollte aussteigen. Er hielt sie am Arm zurück: »Chicca, was ist los? Normalerweise tanzt du mir an so einem Abend durch das ganze Lokal. Heute bist du ganz anders.« Sie drehte sich zu ihm um, schien aber durch ihn hindurch zu sehen: »Entschuldige, Carlos. Ich bin todmüde.« Carlos nickte, hielt sie aber immer noch fest. »Er muss sich auf das Spiel konzentrieren. Lass ihn in Ruhe, gib ihm Zeit und morgen um diese Zeit ist alles vorbei. Egal wie es ausgegangen ist.« Er drückte ihren Arm und ließ sie gehen. Während sie wortlos ausstieg wartete er im Auto bis sie das Tor zu der Anlage aufgeschlossen hatte und dahinter verschwand. Oxana hörte wie sich der Wagen entfernte.

In ihrer Wohnung im vierten Stock angekommen betätigte sie den Schalter für die kleine Leuchte an ihrem Bett an. Mehr Licht wollte sie nicht haben. Als sie unter der Dusche stand konnte sie endlich ihren Tränen freien Lauf lassen. Den ganzen Tag hatte sie sich beherrschen müssen. Es war nach wie vor keine Nachricht von Ben eingegangen. Immer wieder hatte sie überlegt, wie sie in Erfahrung bringen konnte, ob ihm etwas zugestoßen war. Aber wenn dem Torwart des RCD Valencia vor dem Spiel der Spiele etwas passiert gewesen wäre, hätte sich das in der Stadt wie ein Lauffeuer herum gesprochen und sie hätte auf jeden Fall davon erfahren. Vielleicht war es tatsächlich so wie Carlos es angedeutet hatte. Ben war ein Nervenbündel und schottete sich ab.

Nachdem sie aus der Dusche kam, legte sie sich in das Handtuch gewickelt auf ihr Bett. Sie zappte durch das Fernsehprogramm und blieb auf MTV hängen. Dort lief gerade wieder einmal das Video von Ed Sheerans ›Perfect‹. Sie liebte dieses Lied über seine große Liebe, die er zu seiner Frau nehmen wollte. Eine Frau die stark war, schön und mutig und einfach unglaublich. Und die er eigentlich nicht verdient hatte und die trotzdem ihn erwählt hatte. Oxana wollte auch stark sein. Aber für wen? Sie weinte lautlos und sank in einen traumlosen Schlaf.

Mats nahm beim gemeinsamen Frühstück seinen Torhüter genau unter die Lupe. Er war blass und machte einen unausgeschlafenen Eindruck. Er schien auch nicht zu essen. Der mit Brötchen und Rührei beladene Teller stand vor ihm und war unberührt. Als Nicki Tallin, der armenische Außenstürmer, den Platz neben Ben verließ und an einem anderen Tisch bei den Physiotherapeuten Platz nahm, rutschte Mats auf den frei gewordenen Stuhl. In diesem Augenblick seufzte Ben tief und ergriff das Messer um sein Brötchen aufzuschneiden.

»He Kumpel, alles gut bei Dir?« Ben sah Mats mit müden Augen an. »Klar, alles bestens. Und bei Dir?«

»Bei mir ist alles gut. Aber ich muss heute Abend auch nicht da raus und einhundertzwanzig Prozent auf dem Platz geben, während vierzigtausend um dich herum das Stadion aus den Angeln heben werden. Du weißt was ich meine und ich finde, du bist ziemlich weiß um die Nase. Was ist los?«

»Mikki ist gestern ins Krankenhaus gekommen. Aber die Ärzte sind zuversichtlich. War echt der Hammer für mich und ich hab heute Nacht schlecht geschlafen. Aber jetzt geht es schon wieder. Mach dir keine Sorgen.« Dabei sah er Mats direkt an und biss in sein Brötchen. Der Trainer klopfte ihm auf die Schulter. »Tut mir echt leid. Oh Mann. Ich hoffe er kommt bald wieder auf die Beine.« Ben nickte. »Danke.«

Als die Sonne durch ihre Jalousie blinzelte erwachte Oxana völlig gerädert. Aber sie wurde noch durch ein Geräusch geweckt. Ihr Handy brummte. Aus irgendeinem Grund hatte sie es in der Nacht lautlos gestellt. Ben! Hastig griff sie danach. Die Nummer ihrer Mutter leuchtete auf. Das kam so gut wie nie vor, es musste etwas passiert sein. »Mama.«

»Ich bins.« Oxana vernahm die tonlose Stimme ihres Bruders am anderen Ende.

»Felipe. Ich verstehe nicht ... Was machst Du mit Mamas Handy?« Oxana beschlich ein ungutes Gefühl.

»Oxi. Kannst Du kommen?« Sie konnte sich nicht daran erinnern, dass Felipe sie jemals bei ihrem Kosenamen genannt hatte.

»Felipe, was ist passiert? Sag doch …« Oxana bekam es nun mit der Angst zu tun.

»Sie ist im Krankenhaus. Sie ist stabil. Ich war rechtzeitig da und bin jetzt bei ihr. Aber sie will dich sehen.«

In ihrem Kopf drehte sich alles. Es war Sonntagmittag, sie hatte frei denn sie wollte heute Abend zum Spiel. Aber nun brauchte ihre Mutter sie. Wenn sie gleich einen Zug bekam konnte sie vielleicht rechtzeitig zurück sein. Immer noch war ihr unklar was passiert war. Völlig konfus warf sie sich ein T-Shirt über, schlüpfte in ihre Jeans und rannte aus dem Haus. Am Bahnhof angekommen erwischte sie einen Direktzug nach Alicante. Sie saß bereits im Abteil als sich der Zug in Bewegung setzte und sie ihren Bruder anrufen wollte. In ihrer Tasche kramte sie nach dem Handy. Sie konnte es allerdings nicht finden, weil sie das Gerät zu Hause vergessen hatte wie sie erschrocken feststellte.

Als der Tag langsam in den Nachmittag überging legte sich bei Ben die Unruhe und Nervosität. So war es immer. In der Nacht vor einem wichtigen Spiel konnte er nicht schlafen und war vom Frühstück bis zum Mittagessen einsilbig und in sich gekehrt. Seine Mitspieler wussten das und gingen ihm in der Regel aus dem Weg. Torspielern eilte der Ruf voraus, ein wenig eigenbrötlerisch zu sein und sich auf ihre besondere Art und Weise auf ein Spiel vorzubereiten. Am besten man ließ Ben einfach in Ruhe.

Nach dem Mittagessen gab es noch Kaffee und Kuchen und dann zogen sich alle Spieler bis zur Abfahrt ins Stadion auf ihre Zimmer zurück. Ben machte es sich auf dem Bett bequem, legte sich zwei Kissen in den Nacken und schloss die Augen. Dann überlegte er es sich anders und griff zu seinem Handy. Er hatte einmal ein Foto von Oxana gemacht als sie noch im Tiefschlaf war. Er könnte das Bild jederzeit unbekannterweise ins Internet stellen, denn man konnte bis auf eine Menge Haare gar nichts darauf erkennen. Aber es hatte ihn so fasziniert, wie sie da lag und ihr Gesicht völlig unkenntlich war. Nur er wusste, wie sie am Morgen danach wunderschön ausgesehen hatte und friedlich schlummernd gleichmäßig ein- und ausatmete. Jedes Mal wenn ihr die Luft entwich hatte sie ein kleines Pfeifgeräusch von sich gegeben. Er lächelte bei dieser Erinnerung.

Wie selbstverständlich tippte er die Kurzwahl ihrer Nummer ein und hielt das Telefon an sein Ohr. Es läutete fünfmal bis die Mailbox ansprang. Er beendete die Verbindung enttäuscht. Dann überlegte er sich anders und wählte noch einmal. »Wo immer Du auch gerade bist, ich vermisse Dich.« Schnell beendete er das Telefonat und war zutiefst verwirrt über seine ausgesprochenen Gefühle.

Als der Zug in Alicante in den Bahnhof einfuhr, sprang Oxana beinahe aus dem noch fahrenden Waggon. Und ganz entgegen ihrer sparsamen Einstellung riss sie die Tür des erstbesten Taxis auf: »Krankenhaus Calle Nord, bitte.« Ungeduldig nahm sie auf dem Beifahrersitz Platz und ermahnte sich, den Fahrer nicht zur Eile anzutreiben.

Ben warf das Handy auf das Bett. Oxana rief nicht zurück. Und er war sich überhaupt nicht mehr sicher, ob er ihr gegenüber so eine Erklärung hätte machen sollen. Er wollte keine falschen Hoffnungen bei ihr wecken. Schließlich machte er sich gerade die größten Vorwürfe, dass er sie Mikki gegenüber vorgezogen hatte. Mit fatalen Folgen.

Mats saß völlig in sich versunken in einem bequemen Sessel auf dem Balkon seines Hotelzimmers. Heute konnte er sich für all die Arbeit und Anstrengung der vergangenen zwei Jahre belohnen. Wenn alles zusammenpasste. Sicher, sie waren auf die Mithilfe einer anderen Mannschaft angewiesen. Aber wenn alles klappte, wäre er der jüngste Trainer, der in der spanischen Liga mit einem ebenfalls unglaublich jungen Team erstmals Meister wurde. Tiefschläge hatten ihn die letzten Jahre allzu oft begleitet und es hatte Tage gegeben, da glaubte er nicht mehr an sich. Seine Verletzung, die sein Karriereende mit noch nicht einmal dreißig Jahren bedeutete. Die aus dem Nichts kommende Trennung von Dominique und der holprige Start hier in Valencia. Doch dann hatte sich das Blatt gewendet. Er durfte mit dieser auf dem Papier sehr unerfahrenen jungen Mannschaft arbeiten, die bereit war, seinen Weg zu gehen und seine Spielweise anzunehmen. Auch Livia hatte ihren Anteil an diesem Umbruch. Sie trat in sein Leben als er nicht damit gerechnet hatte. Sie war das Beste was ihm passieren konnte. Sie bestärkte ihn in all seinem Tun und Denken. Stand bedingungslos hinter ihm. Sein Herz schlug schneller als er an sie dachte. Sie hatte ihn bei seinen Entscheidungen unterstützt wenn er gezweifelt hatte. Und nun stand er so kurz davor, die Ernte dieser Anstrengungen einzufahren.

Sicher, er könnte heute Nacht auch gut schlafen, wenn sie den Meistertitel nicht gewinnen würden. Aber sich auf der Zielgeraden mit dem zweiten Platz zufrieden zu geben, war nicht sein Anspruch.

Die einzige nicht Konstante in seinem heutigen Plan war sein Torhüter. Er hatte Ben seit Wochen beobachtet und starke Stimmungsschwankungen bei ihm festgestellt. Es reichte von fröhlich vor sich hin pfeifend bis zutiefst abwesend und in sich gekehrt. Mats war sich sicher, dass niemand außer ihm dies bemerkt hatte. Aber er kannte Ben schon eine Weile und konnte sich keinen Reim auf dessen derzeitige Gemütslage machen. Er betete ein ›Madre Dios‹, dass er ihn heute nicht mit einem Blackout im Stich lassen würde.

Oxana betrat auf leisen Sohlen das Krankenzimmer und erschrak zutiefst. Es war erst zwei Wochen her seit sie ihre Mutter das letzte Mal gesehen hatte. Aber sie war in ihrer Erinnerung eine ganz andere als diese winzige Frau zwischen den hellgelben Kissen. »Mamacita!« Sie ergriff die Hand ihrer Mutter und sank leise schluchzend auf den Stuhl, der neben dem Bett stand. »Mamacita, was ist passiert?« Fragend wandte sie den Blick zu Felipe, der am Fenster stand.

»Sie hatte sich einfach in ihr Bett gelegt und war nicht mehr aufgestanden. Weder um zu Essen, noch um auf die Toilette zu gehen, noch zu sonst irgendetwas. Erst nach sechs Tagen hat dieser Idiot einen Arzt gerufen. Ich kam heute zufällig vorbei um ein paar Sachen holen wollte als der Krankenwagen vorfuhr.« Oxana ballte die Faust und konnte sich nur beherrschen weil ihre Mutter ihre Hand drückte.

»Hätte er mich doch gehen lassen …«, gab sie schwach von sich. »Er braucht mich doch nicht. Alles mache ich falsch. Niemand braucht mich …«

»Mama!« Oxana fuhr von ihrem Stuhl auf. »Wir brauchen dich doch. Sag so was nicht.« In diesem Augenblick wurde ihr klar, dass nichts auf dieser Welt unendlich zu sein schien und dass auch ihre Mutter nicht ewig leben würde. Mit einem Mal wurde ihr bewusst was in den letzten vierundzwanzig Stunden passiert war und sie brach zusammen. Sie legte den Kopf auf das Krankenhausbett und weinte hemmungslos. Ihre Mutter versuchte sich aufzurichten, war aber zu schwach. Daher drückte sie nur noch einmal ihre Hand. Nach einer Weile spürte Oxana die warme Hand ihres Bruders auf ihrer Wange. »Sie ist eingeschlafen. Lassen wir sie eine Weile in Ruhe. Komm, wir gehen uns einen Kaffee holen. Ich muss etwas mit dir besprechen.«

In der Cafeteria erzählte Felipe ihr, dass er in knapp zwei Wochen zusammen mit seinem Freund Daniele nach Teneriffa aufbrechen müsste. Sie würden zusammen eine kleine Frühstückspension übernehmen und hatten noch eine Menge zu tun. Auf der Insel war in Prinzip das ganze Jahr Saison und es galt keine Zeit zu verlieren, um baldmöglichst Gäste aufnehmen zu können. Nun hatte er überlegt, ob es nicht das Beste wäre, ihre Mutter mitzunehmen und sie mit kleineren Aufgaben in und um das Haus zu betrauen. Nach Hause zurück könne man sie auf keinen Fall lassen. Er müsse dies natürlich zuerst mit Daniele besprechen aber er sah in darin kein Problem. Letztendlich würden sie für den Anfang jede helfende Hand gebrauchen können.

Oxana war hin und her gerissen. Wenn ihre Mutter das Festland verlassen würde, wäre es nicht mehr ohne weiteres möglich, eben mal einen Kurzbesuch am Sonntag einzuplanen. Sie würden sich nicht mehr so oft sehen können. Vom finanziellen Aspekt einmal abgesehen. Andererseits wäre ihre Mutter unter Aufsicht und Pflege, gesetzt den Fall, Felipe würde einmal in seinem Leben etwas mit aller Konsequenz durchziehen. Und unter der Voraussetzung, dass ihre Mutter wieder so weit auf die Beine kam, dass sie reisen konnte. Vor allem musste sie bereit sein, Alicante zu verlassen, wo sie ihr ganzes Leben zugebracht hatte. Da sie Daniele, Felipes Lebensgefährten, nicht kannte, konnte sie nicht beurteilen, auf welch soliden Beinen dieses Projekt auf Teneriffa stand.

Plötzlich sah ihr Bruder auf die Uhr und stand auf. »Schon vier Uhr. Ich geh' noch einmal nach Mama sehen und dann muss ich aber los.« Oxana erhob sich ebenfalls. Schon vier Uhr. Um sechs Uhr begann das große Spiel und sie musste noch den Zug zurück nach

Valencia erwischen. Niemals würde sie es schaffen können, zu Spielbeginn auf ihrem zu Platz sitzen. Während sie Seite an Seite mit Felipe zum Aufzug ging, spürte sie mit einem Mal, dass doch ein Band zwischen ihnen bestand. Nie waren sie sich in der Vergangenheit so nah wie heute. Das war das erste positive Zeichen an diesem Tag.

Ben stand im Spielertunnel und hörte den Höllenlärm in den er gleich hinaustreten würde. Das Stadion war bis auf den letzten Platz ausverkauft und die Fans beider Mannschaften verursachten ein Stadionfeeling, das sich sehen und hören lassen konnte. Dafür war er Profi-Sportler geworden. Für dieses Spektakel quälte er sich Tag für Tag. Das war es wert, sich in Punkto Privatleben, Freizeitgestaltung und Ernährung einzuschränken. Hierfür stand er jeden Morgen auf.

Er selbst wurde ganz ruhig und konzentriert als er hinter Alvarez, seinem Kapitän, in der Reihe stand, das Einlaufkind an der rechten Hand. Die Mannschaften warteten darauf dass der Schiedsrichter sie hinaus auf das Spielfeld ließ. Hinter ihm zappelte Jordi und dahinter band sich Luis zum dritten Mal die Hose fester zu.

Endlich gab der Referee das Zeichen und die Mannschaften liefen unter Gejohle und Anfeuerungsrufen ihrer Fans auf den Rasen. Das Publikum tobte, der Lärm ließ das Stadion zu einem Hexenkessel werden. Bei der Begrüßung der Kapitäne durch den Schiedsrichter und dessen Assistenten blieb Ben in der Nähe stehen. Er schnappte sich den Spielball um dessen Festigkeit zu testen. Eine Marotte von ihm. Dann warf er ihn dem Schiedsrichter zu und lief auf seinen Torraum zu. Auf dem Weg dorthin klatschte er all seine Mitspieler ab und warf einen Blick auf die VIP-Tribüne. Eigentlich müsste man Oxana mit ihren wilden Locken erkennen können. Kurz glaubte er, Livia, die Frau seines Trainers, gesehen zu haben aber bevor er genauer hinsehen konnte, war sie aus seinem Sichtfeld verschwunden. Oxana entdeckte er nirgendwo.

In seinem Torraum angekommen konnte er alles ausblenden. Er stand ruhig und fokussiert zwischen den Pfosten. In seinem Rücken brüllten und tobten die gegnerischen Fangruppen aus Murcia und er registrierte es, ohne zu verstehen was sie von sich gaben. Der Schiedsrichter hob die Hände in Richtung beider Torleute um zu signalisieren, dass er anpfeifen würde. Und das Spiel begann.

Marc Fletcher hatte die Anweisung, hinter den beiden Spitzen als Stoßstürmer zu fungieren und nicht wie sonst üblich, als alleinige Spitze. Ein wenig ungewohnt auf dieser Position rannte er immer wieder gegen den Gegner an, der den Plan hatte, die Stürmer des RCD Valencia so oft wie möglich ins Abseits laufen zu lassen. Dies würde die Spieler schneller müde machen, denn das stetige Hin- und Herlaufen bei diesen Temperaturen würde seinen Tribut fordern. Mats durchschaute diese Taktik sofort und hielt Marc an, nicht immer wieder auf diesen Trick herein zu fallen. Aber der junge Stürmer war wie im Wahn und rannte auf und ab als ginge es um sein Leben. Mats tobte am Spielfeldrand. Bereits nach dreißig Minuten hatte der Teenie-Schwarm einen hochroten Kopf, was dieses Mal nicht an seiner britischen Herkunft lag. Seine Mitspieler ärgerten ihn oft während der Trainingseinheiten, indem sie ihn mit manch englischem Touristen, der aufgrund seiner blassen Hautfarbe gerne zu Sonnenbrand neigte, verglichen.

Mats war außer sich, als er feststellte, dass Marc sich nicht um seine Anweisungen scherte. Bei der nächsten Unterbrechung würde er Alvarez, den Kapitän herbeizitieren, damit er es an seinen Mitspieler weitergab.

Mit einem Mal funktionierte die Abseitsfalle der gegnerischen Mannschaft nicht mehr und Marc startete genau im richtigen Zeitpunkt, um einen perfekten Pass eines Mitspielers exakt an der Strafraumgrenze anzunehmen und mit einem unglaublichen Weitschuss auf das Tor zu hämmern. Der Torhüter hatte wohl auf eine Abseitsstellung spekuliert und stand zu weit rechts und damit auf dem falschen Fuß. Er musste den Ball passieren lassen. Eins zu null für Valencia. Die Fans tobten und die Spieler begruben ihren Torschützen unter sich. Mats ballte die Faust. Nur noch zwei Tore. Und keines zulassen!

Der Anstoß nach dem Treffer brachte sofort Gefahr für Bens Tor. Aber Alvarez bereinigte die Situation in seiner gewohnt souveränen Spielweise bevor der Torhüter eingreifen musste. Das Spiel wurde hektischer und aggressiver. Valencia kämpfte um jeden Ball und der Gegner wollte sich keine Blöße geben. Bis zur Halbzeit gab es jede Menge gefährliche Torszenen auf beiden Seiten.

Mats' Ansprache in der Halbzeitpause fiel dementsprechend ruhig aus. Die Mannschaft solle so weitermachen wie in der ersten Halbzeit, motivierte er sie. Dann würden sie auch wieder ihre Chancen bekommen. Aber der Druck müsse erhöht werden. Man solle den Spieß umdrehen und den Gegner ›laufen‹ lassen. Damit klatschte er seine Spieler ab als sie die Kabine wieder in Richtung Spielfeld verließen.

Dieses Mal hatte die gegnerische Mannschaft Anstoß und der Außenstürmer bekam den Ball durch eine Unachtsamkeit des rechten Verteidigers. Nicki Tallin hatte ihm jedoch den Ball abgenommen, jedoch mit seinem Pass einen Spieler getroffen, von dem das Spielgerät abprallte und damit den Weg für einen weiteren Gegenspieler freigab, mit der Kugel auf und davon zu marschieren. Auch Alvarez war zu weit aufgerückt und konnte ihn nicht stoppen. Als Ben den Spieler alleine auf sich zukommen sah wurde er ganz ruhig. Er wartete lange bis er sich bewegte und macht seinen Körper breit. Im Grunde war das Eins-zu-Eins-Spiel zwischen Stürmer und Torhüter ein sicheres Tor. Ben hob und senkte beide Arme wie eine Marionette auf und ab und als der Spieler abzog, parierte er den Schuss und lenkte ihn mit seiner Hand über die Latte zum Eckball. Das Publikum tobte.

Der schnell ausgeführte Eckstoß wurde gefährlich an den Elfmeterpunkt gelenkt und kam von dort volley direkt auf das Tor. Ben sah kaum an einem seiner Mitspieler vorbei, hechtete aber auf die richtige Seite und fing den Ball sicher vor der Brust. Seinen darauf folgenden Abschlag konnte Henry, der Mittelstürmer, in vollem Lauf mitnehmen und ohne Gegenspieler auf das gegnerische Tor dreschen. Der gegnerische Torhüter wurde von diesem schnellen Angriff derart überrascht, dass er den Ball nur per Faustabwehr hoch vom Tor wegbringen konnte. Leider so unglücklich, dass sich der Ball direkt vor Nicki Tallin herab senkte und dieser nur noch ein wenig in die Höhe springen musste um ihn ins Tor zu köpfen. Wenn nun auf den anderen Plätzen alles nach Plan lief, fehlte ihnen nur noch ein Tor bis zur Meisterschaft – vorausgesetzt sie kassierten kein Gegentor in der restlichen Spielzeit. Fabio, der Co-Trainer, hatte einem seiner Betreuer ein Kommunikations-Set verpasst, auf dem er die Informationen von den anderen Spielstätten erhielt. Die Partie auf die es ankam, durfte nicht mit einem Heimsieg San Sebastians mit mehr als zwei Toren Unterschied enden. Wenn doch, musste Valencia noch mehr Tore schießen.

Wie im Rausch sprintete der auf der Sechser-Position spielende Luis schon wieder über das halbe Feld um seine Stürmer zu bedienen. Der Gegner machte das Zentrum zu, doch aus den Augenwinkeln sah Henry wie sich Marc links an der Außenlinie auf und davon machte. Er setzte rechtzeitig zu einem Pass an, damit sein Mitspieler nicht ins Abseits lief. Was er allerdings nicht sah war, dass ein Spieler des FC Murcia mit ausgestrecktem Bein herangeflogen kam und ihn von den Beinen holte. Ihm wurde schwarz vor Augen als der Gegner ihn am Schienbein traf. Der Schmerz war unglaublich. Im ersten Moment wollte er die Augen gar nicht aufmachen um sich sein Bein anzusehen. Irgendetwas stimmte damit ganz und gar nicht. Er schrie auf. Die Menge schrie ebenfalls. Allerdings weil der Schiedsrichter das Spiel unterbrochen hatte, obwohl Marc in aussichtsreicher Position auf das Tor zugelaufen war und es als Vorteil zu werten gewesen wäre. Der Unparteiische eilte zu Henry, da er den Spieler sich am Boden liegend hin und her wälzen sah. Er winkte die zuständigen Betreuer auf das Feld. Als Paolo Henry erreichte und sich das Bein ansah, deutete er Mats einen Wechsel an. Mit dieser großen und sehr tiefen Fleischwunde musste Henry das Spielfeld verlassen. An ein Weiterspielen war überhaupt nicht zu denken.

Die Mannschaft war geschockt von diesem Ausfall ihres Teamkameraden und man merkte es ihr deutlich an. Sie ließen sich in Zweikämpfe verwickeln, die sich nicht gewannen und irgendwann wie eingeschnürt um die Hoheit in ihrem Strafraum kämpfen mussten. Mats war am verzweifeln. Er rannte die Seitenlinie auf und ab und schrie sich die Seele aus dem Leib. Seine Mannschaft kam kaum noch bis zur Mittellinie vor und Ben hatte alle Hände voll zu tun, die gefährlichen Torschüsse zu verhindern. Das Publikum feierte ihn und zischte immer wieder: »Hex, hex!« Ben legte eine Parade nach der anderen hin und hielt Bälle, die eigentlich nicht haltbar waren. Damit gab er seinem Team langsam das Selbstbewusstsein zurück und es häuften sich wieder die Angriffe auf das gegnerische Tor.

Es gab den ersten Eckball für Valencia und nahezu alle Spieler befanden sich in der Hälfte der Mannschaft aus Murcia. Tigo, der für Henry eingewechselt wurde, servierte einen perfekten Eckstoß auf Nicki Tallin, der gar nicht anders konnte als noch einmal mit dem Kopf ins Tor zu treffen. Der Jubel war grenzenlos und ohrenbetäubend. Dies waren die drei Tore, die Valencia zum Gewinn der Meisterschaft benötigte. Nun galt es keinen Gegentreffer zu bekommen. Und auch auf den anderen Plätzen durfte nichts Gravierendes passieren. Fabio hatte jedenfalls noch nichts in dieser Richtung gemeldet. Alvarez deutete mit einer Geste an, dass alle ihren Fokus nun auf das Verhindern eines Torschusses haben sollten. Denn der Gegenzug lief bereits. Jordi, der schnelle Innenverteidiger, beeilte sich, seinem Gegenspieler hinterher zu laufen und ihn am Schuss zu hindern. Als er bemerkte, dass er es nicht mehr schaffen würde, riss er ihn einfach um. Im Strafraum! Das Publikum stöhnte während die mitgereisten Anhänger des FC Murcia laut jubelten. Der Schiedsrichter konnte gar nicht anders als auf den Elfmeterpunkt zu deuten. Jordi stand fassungslos mit hängendem Kopf an der Sechszehnmeter-Linie. Sein Verstand hatte ausgesetzt als er seinen Gegenspieler innerhalb des Strafraumes angegangen war. Es waren vielleicht noch vier Minuten zu spielen, mit Nachspielzeit eventuell sechs bis sieben. Wenn sie nun ein Gegentor kassieren würden, war die Chance, noch einmal ein Tor zu schießen, eher fünfzig zu fünfzig. Die Uhr würde erbarmungslos herunter laufen. Da legte jemand den Arm um ihn und tröstete ihn.

Ben klopfte Jordi aufmunternd auf die Schulter und schob ihn außerhalb des Sechszehnmeter-Raumes, damit der Strafstoß ausgeführt werden konnte. Er selbst war ganz ruhig. Er nahm weder das Raunen des Publikums noch die Zurufe seiner Mitspieler wahr. Er befand sich in einem Tunnel, der ihn nur sich und seinen Gegenspieler wahrnehmen ließ. Er sah auch nicht auf den Ball oder den Elfmeterpunkt. Er starrte lediglich in die Augen des Spielers. Der jetzt anlief, abbremste, antäuschte und schoss. Ben blieb auf seiner Linie, hob und senkte in seiner eigenen Art die Hände wie ein Hampelmann auf und nieder. Als er den Ball berührte lenkte er ihn mit dem linken Arm über die Latte. Die Fans tanzten und schrien auf der Tribüne. Sie wurden jedoch jäh unterbrochen, als der Schiedsrichter pfiff und andeutete, dass der Elfmeter wiederholt werden müsste. Ein Spieler von Valencia hatte sich zu früh in den Strafraum bewegt.

Oxana saß mittlerweile auf ihrem Tribünenplatz und zitterte vor Aufregung. Sie war froh, es wenigstens noch zu Beginn der zweiten Halbzeit ins Stadion geschafft zu haben. Die Spannung war für sie kaum auszuhalten und auch der anstrengende Tag forderte seinen Tribut. Sie konnte vor lauter Nervosität weder essen noch trinken. Einige Reihen unter ihr sah sie Livia und Kelly auf ihren Plätzen sitzen. Die beiden und ein paar andere Frauen, die Oxana vom Sehen kannte, waren ebenfalls höchst angespannt und sprangen beinahe bei jeder Aktion von ihren Sitzen. Vermutlich bemerkten sie Oxana deshalb nicht.

Ben machte sich wieder auf seiner Torlinie bereit, damit der Strafstoß wiederholt werden konnte. Mats hatte dem

Spielfeld den Rücken zugedreht. Es war fast unmöglich, dass sein Torhüter zwei Elfmeterschüsse nacheinander halten würde. Das brachten die wenigsten fertig. Und sie mussten mit den drei Toren Unterschied gewinnen damit die Tordifferenz zu den anderen Mannschaften bestehen blieb. Vorausgesetzt keines der Teams auf die es ankam, schoss nun noch ein oder gar mehrere Tore. Das Stadion war totenstill. Alle schienen die Luft anzuhalten.

Der gleiche Spieler lief wieder an, bremste vor dem Elfmeterpunkt und schoss beinahe aus dem Stand in die gleiche Ecke. Als hätte Ben es geahnt, flog er genau in diese und fing den scharf geschossenen Ball mit beiden Händen. Nun gab es für seine Mitspieler kein Halten mehr. Sie rannten auf ihn zu, warfen ihn um und begruben ihn unter sich. Das Publikum tobte, schrie, umarmte sich und trampelte mit den Füßen. Mats sank auf die Knie. Er war am Ziel. Sie waren am Ziel. Sie waren spanischer Meister. Der Schiedsrichter ließ nach der langen Unterbrechung durch den Torjubel beinahe fünf Minuten nachspielen, in denen sich die Spieler beider Mannschaften mehr oder weniger über den Platz schleppten. Alle bangen Blicke zum Trainerteam oder zu Fabio wurden mit strahlenden Gesichtern und Daumen hoch beantwortet. An den anderen Spielorten passierte nichts was diesen Triumph gefährden würde. Als der Schiedsrichter endlich abpfiff spielten sich unglaubliche Szenen ab. Alle Spieler und Betreuer rannten auf Ben zu, umarmten ihn und beglückwünschten einander. Marc Fletcher saß im völlig erschöpft Gras und ließ den Tränen freien Lauf. Wieder einmal. Auch der sonst so souveräne Alvarez wischte sich die Augen. Die gegnerischen Spieler lagen erschöpft auf dem Rücken.

Langsam löste sich die Spielertraube, die auf Ben lag auf. Zum Glück, denn er hatte durch einen Ellenbogen eines Mitspielers bereits einen enormen Druck auf der Brust, der ihm das Luftholen erschwerte. Als er sich aufsetzte reichte ihm Alvarez Hand und zog ihn auf die Beine. »Alter Schwede! Was für ein Spiel. Das war dein Spiel!« Damit umklammerte er ihn mit beiden Armen.

Auf den Tribünen tobte das Publikum. Unzählige Besucher hielten ihre Fanschals hoch oder schwenkten Fahnen. Es schien, als hätte nicht ein einziger Besucher das Spiel nach dem Abpfiff verlassen. Auch Murcia zeigte sich als fairer Verlierer. Sowohl die Mannschaft gratulierte den Gewinnern als auch das gegnerische Publikum klatschte anerkennend Beifall. Oxana saß ergriffen auf ihrem Platz und beobachtete das Treiben auf dem Platz. Auf der Seite der großen Fan-Tribüne hatten die Sicherheitskräfte alle Hände voll zu tun, die auf das Spielfeld drängende Masse in Schach zu halten. Immer wieder gelang es vereinzelten Anhängern auf den Rasen zu gelangen, die jedoch umgehend wieder hinter den Sicherheitsbereich begleitet wurden. Darauf hin lief die Mannschaft geschlossen in ihre Fankurve und setzte sich auf den Rasen. Bis zur Siegerehrung dauerte es noch ein paar Minuten die es zu überbrücken galt. Mitten auf dem Spielfeld wurde ein Podest zur Übergabe des Meisterschafts-Pokals aufgebaut.

Die Fans des RCD Valencia stimmten ihre Fangesänge an und die Mannschaft, die erschöpft auf dem Rasen saß, fiel in den Refrain mit ein. Dann sprang die Mannschaft auf und tanzte im Freudentaumel. Die Fans hüpften ebenfalls und das Stadion schien in seinen Grundfesten zu erbeben. Es wurden Dutzende von Fahnen geschwenkt. In einer Kurve wurde eine La-Ola-Welle gestartet und Oxana bekam eine Gänsehaut vom Zusehen. Immer noch saß sie wie benommen auf ihrem Platz.

Ein Offizieller der Fußball-Liga versuchte die Spieler zusammen zu holen, damit sie sich auf dem Podest versammelten. Dort sollte nach einer kleinen Ansprache durch den Präsidenten des spanischen Fußballs die Trophäe überreicht werden.

Mats wartete bis Ben näher kam und legte den Arm um ihn. »Danke! Was für ein Tag! Ein ganz großer! Ich danke Dir.« Anerkennend klopfte er seinem Torhüter auf die Brust.

Ben strahlte über das ganze Gesicht und legte ebenfalls den Arm um die Schulter seines Trainers. »Danke für dein Vertrauen! Wir haben uns das alles verdient. Und nächstes Jahr fahren wir wieder durch Europa! Ich mit Dir und Du mit mir.« Mit der anderen Hand tätschelte er seinem Trainer lachend den Kopf.

Mats schluckte bewegt. So weit hatte er heute noch gar nicht gedacht. Durch den Gewinn der nationalen Meisterschaft spielten sie in der nächsten Saison automatisch wieder Champions League. Was für eine Aussicht!

Als alle Spieler auf dem Bretterboden standen warteten sie gespannt darauf, dass der Redner eine möglichst kurze Ansprache hielt und die Trophäe an ihren Kapitän übergab. Als Alvarez dann endlich die Schale in die Höhe streckte brandete wieder ohrenbetäubender Jubel im Stadion auf. Das Lied der Sieger ›*We are the Champions*‹ gefolgt von der bewegenden vereinseigenen Hymne tönte durch das Stadion und die Mannschaft brach zu ihrer Ehrenrunde auf.

Ben rannte, die Siegerschüssel über dem Kopf haltend auf die Fankurve zu. Seine Mitspieler, die alle hinter ihm herliefen, blieben ein Stück zurück, damit ihn die Fankurve ihn alleine feiern konnte. Neben den beiden Torschützen war Ben der Sieger des Spiels und würde auch später noch einen Preis als ›Spieler des Tages‹ erhalten. Ben war es etwas peinlich so alleine vor den Fans zu stehen und gab die Meisterschale eilig an einen Mitspieler weiter. Auf seinem Weg im Stadionrund kam er schließlich auch an der Haupttribüne vorbei. Dort standen ganz vorne Livia und Kelly und die anderen Freundinnen und Frauen. Er ließ sich von Livia umarmen und klatsche die anderen ab.

»Hast Du Oxi gesehen?«, fragte er Livia. Erstaunt sah sie ihn an: »Nein. Sollte ich?« Er winkte ab weil er bereits ein Stück weiter gelaufen war. Mit den Blicken suchte er die Tribüne ab. Schließlich entdeckte er Oxana und winkte glücklich. Wild gestikulierend deutete er an, sie solle auch nach unten kommen. Während sie sich auf den Weg machte wurde er von seinen Mannschaftskollegen weitergeschoben und schließlich von einem Reporter in Beschlag genommen.

Livia hob erstaunt die Augenbrauen als Oxana neben ihr auftauchte. Bevor sie jedoch ein Wort sagen konnte stand Mats vor ihnen und umarmte Livia stürmisch. Andere Spieler stiegen über die Bande und waren augenblicklich von vielen Fans umringt, denen sie ihre Unterschrift auf T-Shirts und Trikots geben mussten. Nach einer Weile löste sich die Traube wieder auf und die Spieler, die zum Teil nur noch auf Strümpfen liefen, verschwanden in den Katakomben des Stadions. Oxana konnte Livia nirgendwo entdecken und stand plötzlich wieder allein da. Auf dem Spielfeld waren nur noch ein paar Reporter und Fotografen und das Personal, dass das Podest wieder zerlegte. Von Ben keine Spur. Bestimmt feierte er mit seiner Mannschaft in der Kabine.

Oxana ging die Treppe im Stadion hinunter und suchte sich einen Weg von dem sie dachte, dass er zu den Katakomben führen würde. Irgendwie musste sie in die Umkleidekabinen gelangen. Überall standen Ordner die sie nicht einfach passieren lassen wollten. Sie versuchte sie davon zu überzeugen, dass sie eine Bekannte von Ben Bühler wäre und er sie eingeladen hätte, nach unten zu kommen. Die Ordner belächelten sie zu Anfang milde, später mitleidig und irgendwann wurden sie ungeduldig und schickten sie fort. Nicht einer war bereit, einmal zur Mannschaft zu gehen und bei Ben nachzufragen. Sie ließen Oxana wissen, dass sie bei jedem Spiel hunderte dieser Anfragen von sogenannten guten Bekannten hätten. Und die Spieler reagierten äußerst genervt wenn die Ordner sie mit diesen Anfragen belästigten.

Nachdem Oxana eine Weile gewartet hatte ob Ben vielleicht doch noch nach ihr suchen würde, verließ sie das Stadion. Zu blöde auch dass sie ausgerechnet heute ihr Handy vergessen hatte. So etwas passierte ihr sonst nie. Jetzt würde sie erst einmal nach Hause gehen. Vor dem Stadion traf sie immer wieder auf kleinere Gruppen die noch singend den Sieg mit Dosenbier feierten.

In ihrem Appartement griff sie sofort zu ihrem Telefon. Natürlich war der Akku leer war. Bis sie mit zitternden Händen das Ladekabel gefunden hatte vergingen weitere Minuten. Sie hatte keine aktuelle Nachricht von Ben. Die letzte Sprachnachricht war gestern auf die Mailbox gesprochen worden. Darin teilte er ihr mit, dass bei ihm alles gut sei und er sich auf das Spiel freue. Und dass sie dabei sein würde. Und dass er sie vermisse. Als sie diese Nachricht las, zitterten ihre Hände. Sie war nicht in der Lage darauf zu antworten. Von heute oder aktuell jetzt war nichts eingegangen. Deshalb beschloss sie erst einmal unter die Dusche zu gehen.

Ben feierte mit seinem Teamkameraden und plantschte fröhlich im Ermüdungsbecken mit einer Flasche Bier in der Hand als ein Betreuer hereinkam und ihm ein Telefon hinhielt. »Scheint wichtig zu sein, ein Doktor Sanchez.«

In ein Handtuch gehüllt legte Oxana sich auf ihr Bett und griff abermals zum Telefon. Noch immer keine Nachricht. Verwirrt und traurig forderte der lange anstrengende Tag seinen Tribut und sie schlief mit dem Telefon in der Hand ein.

Livia nahm gerade eine Bestellung einer größeren Gruppe auf, als Oxana das *Besitos* betrat. Erstaunt zog sie die Augenbrauen hoch: »Wow, welch seltener Glanz in meiner Hütte!«

Oxana lächelte schief: »Ich hatte zu tun ...« Livia umarmte sie kurz als sie an ihr vorbeiging und die Bestellung für die Küche in die Kasse eingab. »Sicher hattest Du das ... . Warst Du gestern im Stadion? Warum hast Du nichts gesagt?«

Oxana seufzte und antwortete ihr nicht. Livia schien so beschäftigt zu sein, dass es ihr gar nicht auffiel. Sie wusste, sie hätte sich mal bei ihrer Freundin melden sollen. Aber ihre freien Tage hatte sie mit Ben verbracht und zwar all ihre freien Tage wie ihr jetzt auffiel.

Oxana sah bereits zum dritten Mal auf ihr Handy. Sie hatte sich wie immer an die Theke gesetzt und versuchte etwas zu essen.

»Was ist los?« Livia hatte ihr einen Arm um die Schulter gelegt. »Warum bist Du so nervös?«

Oxana seufzte und rieb sich das Gesicht: »Ich hab seit drei Tagen nichts aber auch gar nichts von Ben gehört. Das ist gar nicht seine Art.«

Livia hob die Augenbrauen, nickte dann aber verständnisvoll. »Ben also. Dachte ich es mir doch. Kelly hat einen Riecher für so etwas. Bestimmt schläft er seinen Rausch aus. Wenn ihm was zugestoßen sein sollte, hätten wir es aus der Presse erfahren.«

Oxana schnaubte: »Wenn Mats drei Tage vom Erdboden verschwindet wartest du dann auch bis was in der Zeitung steht?«

»Nein, natürlich nicht. Warst Du schon bei ihm zu Hause?«

»Nein. Und davor graust es mir auch.«

Livia verstand nicht. »Warum?«

Da erzählte sie ihr die Geschichte mit Janine, die sie nackt in seinem Schlafzimmer vorgefunden hatten.

»Was ist wenn sie doch noch zusammen sind? Oder wieder zusammen?«

Livia prustete: »Am hellen Tag nackt in seinem Bett? Diese Welt ist voll von Verrückten. Oder?« Als sie bemerkte, dass Oxana nicht darüber lachen konnte, wurde sie sofort wieder ernst. »Soll ich mal Mats fragen, ob er was gehört hat? Ganz abgetaucht kann er nicht sein. Schließlich steht morgen noch eine Besprechung bezüglich der Vorbereitung auf die neue Saison an.«

Bevor Oxana ihr antworten konnte, betrat Mats das Lokal. Man sah ihm die ausgearteten Feierlichkeiten mit keiner Faser an. Ausgeruht und charmant wie immer begrüßte er Oxana mit einem Kuss auf die Wange und schlang dann die Arme um seine Frau. »Was ist hier los? Ich spüre schlechte Schwingungen?«

»Hast Du etwas von Ben gehört?« fragte ihn Livia. Da verdunkelten sich seine Augen und seine Gesichtszüge wurden hart. »Ja hab ich. Aber warum interessiert dich Ben?«

Oxana sah ihn mit großen Augen an als er nicht weitersprach. »Mädels. Das ist mannschaftsintern. Das kann ich euch nicht einfach so beim Kaffee erzählen!«

Livia sah sich suchend um. »Wir sind unter uns. Und Oxana leidet. Er ist seit Donnerstagnacht aus ihrem Bett verschwunden und hat sich nicht mehr gemeldet. Ich glaube, Du kannst dir ein wenig vorstellen wie sie sich fühlt. Hm?« Sowohl Livia als auch Oxana sahen ihn flehend an. Und sie konnten spüren, wie er schwankte.

»Ok. Er hat mich heute Morgen angerufen und das Trainingslager nach der Sommerpause vorerst einmal abgesagt. Er ist im Krankenhaus bei diesem Mikki. Er habe das Gefühl, er werde gebraucht und wisse im Moment nicht wie es weitergeht. Ich hab ihm ganz klar gesagt, wenn er das ganze Trainingslager schmeißt, muss ich ihn zum Saisonbeginn auf die Bank setzen. Darauf hat er geantwortet, er macht das und zur Not kann ich ihn auch rauswerfen oder in die zweite Mannschaft stecken.«

Livia stand der Mund offen und Oxana ließ den Kopf auf den Tisch sinken. »Dieser Mikki treibt mich noch in den Wahnsinn …«

»Was ist er überhaupt für ein Typ? Ich seh' den immer nur Party machen und zuviel Alkohol trinken. Und der verträgt ne Menge.« Livia strich Oxana die Haare aus dem Gesicht.

Oxana hatte sich schon beinahe gedacht, dass Mikki mit Bens Verschwinden zu tun hatte. Wütend stieß sie hervor: »Der Typ ist Pest und Cholera in einem. Ich weiß nicht, warum Ben sich immer für ihn verantwortlich fühlt. Ständig taucht der im ungünstigsten Moment aus dem Nichts auf!«

Livia betrachtete die Freundin prüfend: »Hast Du ihn schon einmal darauf angesprochen?«

»Nein. Auf Mikki reagiert er höchst sensibel.« Sie seufzte.

Mats hob die Hände: »Also, dass das klar ist: von mir wisst ihr nichts. Ok?« Einvernehmlich nickten beide Frauen und bekundeten ihr Stillschweigen.

Einer inneren Eingebung folgend fuhr Oxana ins Krankenhaus. Obwohl sie gar nicht wusste nach welchem Patienten sie fragen sollte. Sie kannte Mikkis vollen Namen nicht und sie war sich auch ziemlich sicher, dass sie nicht einfach nach Ben Bühler fragen konnte. Aber sie hatte einen Plan.

Die Essensausgabe auf der Station für liegende Patienten brachte Oxana nicht den gewünschten Erfolg. Sie hatte sich ausgedacht, das Pflegepersonal, das für die Essensausgabe verantwortlich war, nach Ben zu fragen. In der Regel arbeiteten hier junge Auszubildende, die noch nicht so geschult waren, wenn es galt, keine Auskünfte zu geben. Nachdem sie zwei Stockwerke durchgegangen war ohne Ben oder Mikki zu finden blieb ihr nur noch die Intensivstation.

Während sie auf die elektrischen Türen der nicht zugänglichen Station zulief, öffneten sich die Flügeltüren

automatisch und es wurde ein Bett von zwei Kranken-
pflegern heraus geschoben. Oxana machte keine Anstal-
ten weiter zu gehen, sondern drückte sich an die Wand
und ließ den Patienten vorbei. Danach huschte sie in
letzter Sekunde durch die elektrischen Türen in den un-
erlaubten Bereich. Der Gang teilte sich in beide Richtungen und als sie den Blick nach rechts wandte, sah sie ihn.
Ben saß in sich zusammengesunken auf einem Stuhl. Er
hielt die Hände gefaltet. Er würde jetzt aber nicht um
diesen Idioten beten? Oxana wurde wütend.

Als Ben sie auf sich zukommen sah, richtete er sich auf
und legte den Kopf in den Nacken. Sein Blick ging an
die Decke. Oxana polterte direkt los: »Warum glaubst
Du eigentlich immer dass Du ihm helfen musst? Ausgerechnet Du! Zu jeder Tages- und Nachtzeit? Bist Du
der, der übers Wasser geht oder was?« Oxana funkelte
ihn böse an.

Wütend stand er auf und sah in eine andere Richtung.
Er drehte sich nicht zu ihr um als er mit harter Stimme
sagte: »Das geht Dich nichts an. Abgesehen davon dass
Du es nicht verstehst. Es ist besser, Du gehst wieder.«

»Das würde dir so passen, mich fortzuschicken. Du
und dein Helfersyndrom … . Vielleicht verstehe ich es
nicht, weil du es mir nie erklärt hast. Mikki stand immer
zwischen uns. Und jetzt steht er sogar deiner Karriere
im Weg. Überleg doch mal, was Du aufgibst, wenn Du
das jetzt tust. Für was? Für wen?« Oxanas Stimme überschlug sich.

Er riss die Augen auf: »Woher weißt Du dass ich auf-
höre?« Dann sackte er in sich zusammen und flüsterte:

»Ich tat es für ihn. Und für meine Eltern. Er war meinen Bruder.«

Oxana blieb der Mund offen stehen. »Dein Bruder? Wieso war ... ?«

Jetzt sah Ben sie direkt an: »Er ist vor einer halben Stunde gestorben.«

Oxana blieb einen Augenblick versteinert stehen bevor sie die Arme ausstreckte und auf ihn zuging um ihn zu umarmen: »Mein Gott. Das tut mir so leid. Ich wusste ja nicht ... »

Er hielt sie auf indem er sie heftig von sich schob: »Nein. Wusstest du nicht. Konntest du auch nicht. Ist auch egal. Du konntest ihn doch eh nicht leiden. Lass mich einfach in Ruhe. Geh! Bitte!«

Die Härte in seinen Worten ließ Oxana innehalten und sie sah ihn erschrocken an. In seinem Gesicht las sie Wut und Trauer zu gleicher Maßen. Aber warum war er wütend auf sie?

Sie würde es nicht erfahren, denn er griff nach seiner Jacke und lief wortlos an ihr vorbei durch die Flügeltüren, die sich surrend für ihn öffneten und wieder schlossen.

Nachdem er sich in der sicheren Abgeschiedenheit seines Wagens befand, startet er die Zündung, fuhr aber nicht gleich los. Im Radio sang Ed Sheeran ›She is perfect to me‹ ... not knowing what it was, dancing in the dark, with you between my arms ...‹ Er konnte nicht mehr. Er hatte Oxana vor Augen. Ihr Lächeln, ihre Locken, ihre Unbeschwertheit. Trotz der Umstände, in denen sie lebte. Das Geld immer knapp, die Zeit immer knapp zwischen Job und Studium. Und nun auch noch die Sorge um ihre Mutter. Aber sie hatte nie ihr Lachen abgelegt. Nie ihr Inneres vor ihm verborgen. Ed Sheeran sang ›*I have met an angel in person* …., *I don't deserve this* …‹ Wäre sie ein Engel für ihn geworden? Hätten sie eine Chance gehabt? Wenn er offener zu ihr gewesen wäre? Er wusste es nicht, er wusste gar nichts mehr. Er legte die Hände aufs Lenkrad und ließ den Tränen freien Lauf. Der Held der Sonntagnacht war gebrochen.

Sechs Wochen später ...

Livia hatte sich von Oxana verabschiedet nachdem sie sich zusammen einen Cocktail in der Bar gegönnt hatten und war auf dem Weg nach Hause. Bambina sprang vor ihr her nicht ohne sich immer wieder im Sand zu wälzen. Als ein Mann in kurzen Hosen, T-Shirt und Schildmütze über den Strandweg auf sie zukam sprang ihm der Hund freudig entgegen. Livia wollte Bambina gerade zurückrufen, als sie die Person erkannte. »Ben!« Überrascht lief sie auf ihn zu und umarmte ihn fest. »Mein herzliches Beileid. Es tut mir sehr leid, dass Du deinen Bruder verlieren musstest.« Ben wandte sich verlegen aus ihrer Umarmung und murmelte ein ›Danke‹. Vage deutete er in Richtung Carlos' Bar. »Ist sie da?« Livia verstand und nickte. »Ja. Noch ist sie da.« Als er sie fragend ansah fuhr sie fort. »Vielleicht liegt es jetzt an dir, ob sie bleibt! Sie wird mir fehlen.« Sie konnte sehen, dass Ben nicht verstand was sie damit meinte. Aber sie war nicht wie Kelly, die jetzt Amors Pfeile ausgrub und verschoss und nicht locker ließ bevor sie am Ziel war. Was jetzt kam betraf ganz allein Oxi und Ben. Sie klopfte Ben auf die Brust und munterte ihn auf: »Viel Glück mein Lieber. Du schaffst das!« Dann rief sie ihren Hund und ging weiter. Ben sah ihr nachdenklich nach.

Oxana würde noch die nächsten beiden Wochen in Carlos Bar arbeiten. Dann ließ der Touristenstrom deutlich nach und er müsste die Schichten mit seinem restlichen Personal gut abdecken können. Vier Jahre hatte sie nun bei und mit ihm gearbeitet und keinen Tag missen wollen. Er war ein guter Chef und Freund gewesen. Der Freund würde er auch bleiben aber nicht mehr ihr Chef.

Sie hatte ihren Bruder angefleht, sie mit nach Teneriffa zu nehmen und ihr vorübergehend eine Stelle in seinem Hotel zu geben bis sie sich auf der Insel auf eigene Füße stellen könnte. Der Gedanke, dass ihre Mutter aus Alicante und damit aus ihrer unmittelbaren Nähe, verschwinden würde, hatte sie tief traurig gemacht. Nach dieser Tragödie zwischen ihren Eltern war Oxana die Endlichkeit des Lebens auf Erden zum ersten Mal richtig bewusst geworden. Ihre Mutter war immer da, immer ansprechbar und es war unvorstellbar, dass sie es eines Tages nicht mehr sein würde. Oxana wollte keine Zeit damit verbringen, nicht in der Nähe ihrer Mutter zu sein. Diesbezüglich dachte sie oft an Ben. Wie schmerzhaft musste es sein, seinen Bruder zu verlieren? Zu wissen, dass er ihn nie wieder sah. Für sie war es unvorstellbar, dass jemand aus ihrer Familie eines Tages nicht mehr existierte. Aber sie hatte einfach nicht die finanziellen Möglichkeiten, ständig zwischen Valencia und den Kanaren hin und her zu pendeln. Schon ein Flug pro Jahr würde sie mehr als fünfhundert Euro kosten und sie wollte ihre Mutter nicht nur einmal in zwölf Monaten sehen können. Sie würde ihr Studium abbrechen und sich eine feste Arbeit suchen müssen. Hier in Valencia hielt sie demnach nichts mehr. Sicher, sie würde ihre Freunde schrecklich vermissen aber sie wollte nicht Freunde gegen Familie aufwiegen.

Felipe war alles andere als begeistert, sich nun auch noch mit seiner Schwester auseinander zu setzen. Vor allem kämpfte er gegen ihre Entscheidung, das Studium abzubrechen an.

»Mach es doch wenigstens zu Ende bevor Du nach Teneriffa kommst« bat er sie mehr als einmal. Aber Oxana wäre nicht seine Schwester wenn er nicht wüsste, dass er hier auf Granit biss. Sie wollte in der Nähe ihrer Mutter sein.

»Wenn sie mal nicht mehr ist, kann ich immer noch überlegen was ich mache. Aber jetzt ist nicht der richtige Zeitpunkt.«

Felipe seufzte jedes Mal ergeben wenn sie diese Diskussion führten. Er musste bereits viel Überzeugungsarbeit bei seinem Lebensgefährten leisten, damit er seine Mutter bei ihnen unterbringen konnte. Daniele hatte klare Vorstellungen vom Erscheinungsbild ihres Bed-and-Breakfast-Hauses. Und darin kamen keine kleinen, zerbrechlichen, älteren Frauen und eine junge Studentin mit wirren unzähmbaren Haaren drin vor. Letztendlich ließen ihn dann jedoch die noch bestehende Personalnot und der finanzielle Aspekt einknicken.

Also war der Boden bereitet und Oxana würde in zwei Wochen ein kleines Zimmer im Hotel beziehen und vorerst im Service mitarbeiten. Trotz der Freude, so eng mit ihrer Mutter zusammen zu leben, fiel ihr der Abschied furchtbar schwer. Immer wieder saß sie lange am Meer und ließ die Wellen auf sich zurollen. Flüsternd

umspielte die Gischt ihre Beine. Die kleinen Kräusel-
wellen hatten etwas Meditatives. Es war die Ur-Sehn-
sucht des Menschen nach dem Wasser, das sie hierher
zog. Das Meer als Ursprung und Erlebnis von Ewigkeit
gab Oxana das Gefühl von der Sicherheit, die sie jetzt
dringend brauchte. Das Meer war immer da und würde
immer bleiben. Oxana wollte ihren Zwiespalt hinaus in
die Weite spülen wenn das Wasser sich zurückzog. Doch
die Wellen warfen ihr den Kummer wieder vor die Füße.
Was war nur geschehen in den letzten Wochen, dass
nicht einmal mehr das Meer ihre Seele retten wollte.
»Du bist mir keine Hilfe« klagte sie das nasse Element
an, dass sich weit draußen irgendwo friedlich mit dem
Horizont vereinte.

Oxana kassierte gerade einen Tisch ab als sie bemerkte
wie sich eine groß gewachsene Gestalt, die Schildmütze
tief ins Gesicht gezogen, allein in einen Strandkorb
setzte. Von der Statur her kam ihr der Mann bekannt
vor. Die Bar war fast leer an diesem Montagnachmittag
und sie würde nur kurz das schmutzige Geschirr in die
Küche bringen bevor sie seine Bestellung aufnahm. Als
sie zurückkam und direkt auf ihn zuging, erkannte sie
ihn. Er trug ein Kurzarm-Shirt und sie sah die vielen
Tattoos auf seinem Arm. Ben. Mit zusammen gekniffenen Augen taxierte sie ihn während sie sich ihm näherte.
Er war dünner geworden. Oxana hielt den Block in den
Händen und fragte in neutralem Ton: »Was kann ich
Dir bringen?« Ben sah auf und sie erschrak. Seine Haut
war aschfahl, er hatte tiefe Augenringe und seine Augen

schienen durch sie hindurch zu schauen. Vergangen waren das Lächeln und die Wärme in seinem Blick.

»Kannst Du dich einen Moment zu mir setzen?« Oxana nickte wortlos.

»Ich möchte mich bei Dir entschuldigen. Es war nicht fair wie ich dich im Krankenhaus angegangen bin. Du hattest keine Ahnung und ich fand nie die Gelegenheit mit dir darüber zu sprechen.«

Oxana setzte sich ihm gegenüber und legte die Hände in den Schoß während Ben ihr erzählte, dass er schon viel zu lange in der Verantwortung um seinen Bruder war. Seine Eltern hatten ihn darum gebeten. Aber im Grunde hätte Mikki professionelle Hilfe gebraucht. Ben war damit überfordert gewesen. Irgendwann hatte er den Weg aus der Spirale nicht mehr gefunden. Ein Strudel riss Mikki mit und zog ihn nach unten. Party machen und gut drauf sein war sein Alltag geworden. Er wollte sich nicht helfen lassen. Er fand sein Leben schön. Er hörte weder auf Ben noch auf das Flehen seiner Eltern.

Am Tag des letzten Saisonspiels war Bens Bruder von seinem stabilen Zustand in einen kritischen abgesackt. Die Ärzte kämpften zwei Tage um sein Leben.

Ben war nach der Meisterschaftsfeier wie in Trance an seinem Krankenhausbett gesessen und hatte Pläne gemacht. Für die Zeit nach Mikkis Genesung. Er hatte bis zum Schluss geglaubt, wenn Mikki aufwachte, würde alles wieder gut werden. Sie würden gemeinsam an Orte reisen, an denen sie noch nicht gewesen waren. Von denen sie bisher nur gehört hatten. Er erzählte ihm von großen Hotels mit Pools auf dem Dach. Und Partys am Meer. Es war ihm egal, dass Mikki sich nicht rührte. Er redete sich in einen Rausch über all die Dinge die sie zusammen noch unternehmen wollten.

Doch dann ging sein Bruder still und leise während Ben an seinem Bett saß und mit leuchtenden Augen von der Zukunft sprach. Er erzählte, dass es plötzlich ganz ruhig im Zimmer geworden war, bis die Geräte an die Mikki angeschlossen waren den Alarm auslösten. Alle Wiederbelebungsversuche blieben ohne Erfolg.

Die Trauerfeier unter Anteilnahme vieler Freunde in Liechtenstein war für seine Eltern und ihn ein schwerer Gang. Sie verspürten lediglich Trost darin, dass Mikki von so vielen Menschen gekannt und gemocht wurde. Für ihn selbst waren die Tage nach der Beerdigung schwierig. Seine Eltern wollten ihn nicht gehen lassen und er wurde das Gefühl des Versagens nicht los. »Diese Schuld lastet auf mir. Ich war in dieser Nacht bei dir. Es war zu schön. Ich habe mich lange nicht mehr so geborgen gefühlt. Ich hatte das Gefühl, zu Hause zu sein. Ich hatte eine glückliche Zeit mit dir.« Er senkte den Kopf. »Und vielleicht genau in dieser Nacht hätte ich ihn retten können ...« Ben brach die Stimme.

Oxana sagte lange Zeit nichts. Dann nahm sie seinen Kopf in ihre Hände und zwang ihn sie anzusehen: »Es ist nicht Deine Schuld! Es war sein Leben und er hat mit diesem Leben gepokert. Wenn er sich nicht in dieser Nacht abgeschossen hätte dann in einer anderen. Er wollte sich nicht retten lassen. Nicht von Dir, nicht von seinen Freunden. Von niemand. Laste dir das nicht an. Trauere um deinen Bruder – aber lebe! Ein weiser Mann hat einmal gesagt: ›ein Schiff das im Hafen liegt ist sicher. Aber dafür werden Schiffe nicht gebaut‹. Das gilt auch für dich: Du bist der Hexer! Valencia liegt dir zu Füßen. Flieg' durch deinen Strafraum! Es ist Dein Leben.«

Ben schmiegte sein Gesicht in ihre Hände während seine Tränen ihre Finger benetzten. Sanft küsste er ihre Handinnenflächen während er vorsichtig fragte: »Aber Du wirst nicht mehr hier sein. Und ich hatte gehofft, Du würdest mein Flügelmann sein?«

Unter ihren Wimpern glitzerten ebenfalls die ersten Tränen: »Ja. *Maverick*. Das wäre schön gewesen.« Sie benutzte lächelnd diesen Wortwechsel aus dem Kino-Welterfolg *TOP GUN* mit Tom Cruise.

Dann erzählte sie ihm warum sie Valencia verlassen wollte. Er verstand ihren Wunsch. Für ihn hatte Familie die gleiche Bedeutung wie für sie.

»Aber wenn Du mein Flügelmann sein würdest und wir fest zusammen wären, könnten wir gemeinsam oder Du alleine Deine Mutter besuchen wann immer Du willst. Vielleicht wenn ich im Trainingslager bin oder so … Das finanzielle ist hierbei das kleinste Problem, eher das zeitliche. Aber wir würden eine Lösung finden!« Er hielt ihre Hände fest in seinen als wollte er sie nie wieder los lassen. Angsterfüllt wartete er.

Während Oxana die Tränen über das Gesicht liefen, flüsterte sie zaghaft: »Würde es Dir dann etwas ausmachen, wenn ich etwas dazu verdienen möchte?

Ich könnte Carlos fragen ob er meine Kündigung zu-
rücknimmt?«

Als Ben sie daraufhin in den Arm nahm und sie in
seinen Küssen seine Erleichterung spürte glaubte sie bereits zu fliegen.

Epilog

Ben konnte es nicht glauben. Das Wasser war Anfang Oktober lange nicht mehr so warm wie im Juli aber Oxana hielt sich bereits wieder seit über einer Stunde draußen an ihrer Lieblingsstelle auf. Er würde alles darum geben, wenn sie das lassen würde. Er hatte schon einige Versuche unternommen, sie davon abzubringen, hatte aber stets auf Granit gebissen. Als er sie anflehte ihm zu sagen, was er tun müsse, damit sie ihre Ausflüge ins Wasser auf maximal eine halbe Stunde zu reduzieren gedachte hatte sie ihm lachend erwidert, er wüsste genau was ihr gefallen würde. Als Antwort seufzte er jedes Mal.

Oxana spürte die kalte Temperatur des Wassers nicht. Jetzt wo die wenigsten Touristen noch baden gingen, gehörte das Meer wieder ihr. Keine Surfboards und Luftmatratzen, ganz zu schweigen von einem verirrten Jet-Ski, wirbelten die Wasseroberfläche auf. Die Fische trieben träge in ihrer direkten Umgebung. Ihre Farbenvielfalt war unglaublich. Trotzdem war es an der Zeit, wieder zurückzuschwimmen. Sie paddelte, noch immer mit dem Kopf im Wasser, an Land als sie gegen einen weichen Gegenstand stieß. Überrascht zappelte sie kurz bis sie von dem Widerstand im Wasser an den Armen gepackt wurde. Ben zitterte am ganzen Körper. »Bring uns hier raus, das Wasser ist eiskalt!« Seine Zähne klapperten zum Beweis. Oxana traute ihren Augen kaum. »Du hast es getan! Wo sind Deine Füße?«

»Ich weiß es nicht und ich will es auch gar nicht wissen … . Ich will überhaupt nicht wissen, was da noch ist. Kommst Du jetzt bitte raus?« Seine Stimme klang gequält.

Zusammen schwammen sie an Land. Ben hielt seine Beine so hoch beim Schwimmen dass sie aus dem Wasser ragten.

Wieder festen Boden unter den Füßen hielt er Oxana am Arm fest: »Wir hatten eine Abmachung! Du wolltest, dass ich ins Wasser gehe und ich wollte, dass Du nicht mehr stundenlang da draußen abhängst. Vor allem nicht, wenn Du alleine am Strand bist. Wir sind jetzt quitt. Verstanden?« Streng sah er sie an.

»Aye Aye, Sir! Verstanden!« Strahlend umschloss sie ihn mit ihren Armen und nach einer Weile spürte er die Kälte nicht mehr. Sein Herz würde heilen.

Anmerkung der Autorin:

Es freut mich dass meine Geschichten so vielen Menschen gefallen. Ich hoffe, das trifft bei diesem zweiten Roman um den Club aus Valencia ebenfalls zu.

Auch in diesem Buch sind Ähnlichkeiten mit lebenden Personen reiner Zufall und nicht beabsichtigt. Die Orte habe ich fiktiv gewählt und das Erwähnen von realen Personen und Einrichtungen unterliegen der künstlerischen Freiheit und verletzen kein bestehendes Recht. Die verwendeten Markennamen gehören den rechtmäßigen Eigentümern.

Das Copyright für diese Geschichte liegt bei der Autorin und die Vervielfältigung unterliegt der vertraglichen Genehmigung!